Le Petit Prince

新訳 星の王子さま

アントワーヌ・ド・サン＝テグジュペリ／作
芹生 一／訳

阿部出版

小さな王子は星を抜け出すのに、野生の鳥の移動を
利用したに違いない。（58ページ）

Le Petit Prince
avec des aquarelles de l'auteur

Antoine de Saint-Exupéry

1943

レオン・ウェルトに(1)

わたしは、子どもたち皆さんの許しを得て、この本をある大人に捧げることにしたい。というのは、その大人はわたしの、世界でいちばんの親友だからだ。ほかにも理由がある。その大人はどんなことでも、子どものために書かれた本でさえも、よく理解できる人だからだ。第三の理由は、その大人はいま祖国フランスに住み、飢えと寒さに苦しんでいるからだ。彼にはいま慰めが必要なのだ。これだけの理由があってもまだ足りないのなら、この本を、かつては子どもだった、その、子どものころの彼に捧げることにしたい。どんな大人もみな、もとは子どもだったのだ（そのことを覚えている大人は少ないけれど）。わたしは献辞を書きなおすことにしよう。

小さな子どもだったころの
レオン・ウェルトに

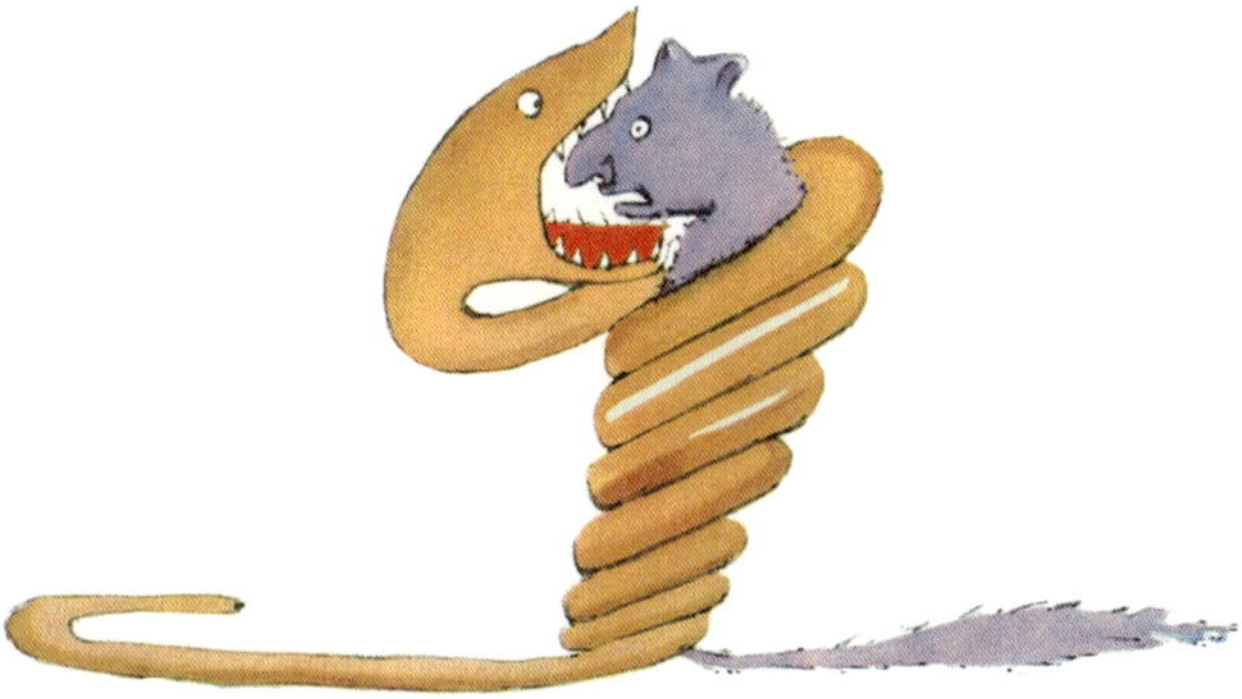

I

むかし、六歳のときに見た一枚の絵を、わたしは今もよく覚えている。『きみたちの知らない世界』という題の、原始林のことを書いた本の挿絵で、ボアという物凄く大きなヘビが猛獣を呑みこもうとしているところが描かれていた。そう。こんな絵だ。

その本にはこう書いてあった。——

「ボアはえものをかまずに、まるごとのみこみます。すると、うごけなくなって、えものがすっかりこなれてしまうまで、半年ものあいだ、ずっとねむりつづけます。……」

わたしはこれを読んで、ジャングルの奥で起こっていることを、あれこれ想像してみた。それから、自分でも色鉛筆を手に取って、生まれて初めての絵を描いた。わたしの作品第一号。それは、こんな絵だった。

わたしは自分が描いた傑作を大人たちに見せてまわった。

「どう？　怖いでしょう」

大人たちは答えた。

「帽子がなぜ怖いんだ？」

わたしが描いたのは、帽子なんかじゃない。ボアがゾウを消化しているところなのだ。わたしは、だから、大人たちにも分かるようにと、ボアのからだの中を描いてみせた。大人というものは、いつだって、説明をしてやらなくちゃ

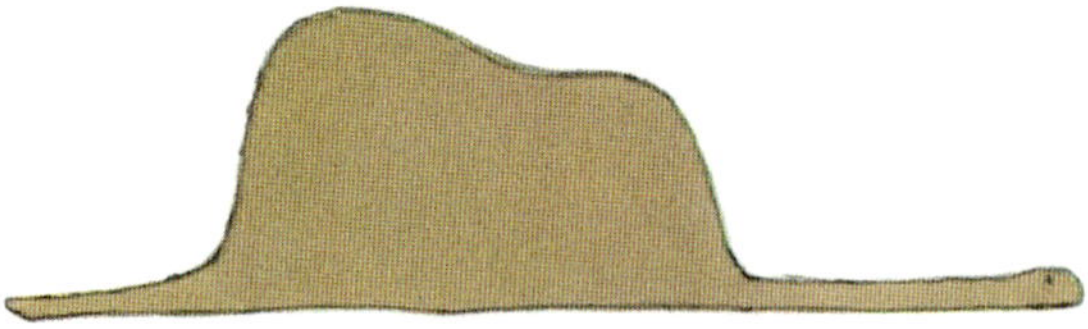

わたしの作品第一号。──ボアの外側。

分からないのだ。わたしの作品第二号は、こんな絵だった。

大人たちはわたしに、こう忠告した。

「ボアの外側だの、中身だの、そんなものを描いたって、何の役にも立たないだろう。そんな暇があったら、地理と、歴史と、算数と、国語の勉強をしなさい」

こんなことがあって、わたしは六歳のときに、画家という素晴らしい職業への道を諦めた。作品第一号と第二号があまりにも不評だったので、がっくりしてしまったのだ。大人というものは、自分の力ではなに一つ理解できない。子どもたちは、いつも、いつも、説明をしてやらなくちゃならないから、本当にうんざりする。

わたしは、ほかの職業を選ばなければならなくなり、飛

作品第二号は、こんな絵だった。――ボアの中身。

行機の操縦を習った。そして世界じゅうを、ほとんどくまなく飛びまわった。そうなってみると、地理は確かに役に立ったね。なにしろ、中国とアリゾナ州の区別が、ひと目でつくのだから。とくに、夜中に方角が分からなくなったときなんぞは、地理さまさまだったよ。

わたしはこの年まで生きるあいだに、お堅い人たちと、大ぜい知り合いになった。大人たちに混じって長いこと暮らしてきた。その人たちのすることを間近に見てきた。でも、わたしの考えは、ほとんど変わらなかった。

これはと思う人に出会うと、わたしは、いつも手許に持っていた作品第一号を見せて、試してみた。本当にものの分かる人かどうか、知りたかったのだ。でも、その人たちはみな、きまって、こう答えた。

「ああ。これは帽子ですね」

わたしはこの答えを聞くと、ボアの話や、ジャングルの話や、星の話をするのはやめにした。話が合うように、ブリッジ(2)や、ゴルフや、政治や、ネクタイのことを話題にした。すると、大人たちは、自分と同じように分別のある男と知り合いになれたことに、とても満足するのだった。

Ⅱ

そんなわけで、わたしは、六年前に飛行機がサハラ砂漠に不時着するまでは、本当のことを話し合える相手もなく、独りぼっちで暮らしていた。不時着の原因はエンジンの故障だった。飛行機に乗っていたのは操縦士のわたしだけで、整備士も乗客もいなかったから、わたしはどうしても、その難しい修理を自分一人でやってのけなければならなかった。それは、わたしにとって、死ぬか生きるかの問題だった。(3)飛行機に積んであった飲み水は、一週間ぶんにも足りなかった。

最初の夜、わたしは、人間が住む世界とは千マイルも距《へだ》たった、砂の上で寝た。わたしは、船が難破して大海原のまっただ中を筏《いかだ》で漂流している人よりも、もっと孤独だった。だから、明け方の眠りの中で、なにか変なことを言っているらしい小さな声を聞いたとき、どんなに驚いたことか。

その声はこう言った。

「おねがい……、ヒツジの絵を描いて……」

「え……？」

「ヒツジの絵を描いて……」

わたしは、雷に撃たれたみたいに跳ね起きた。何度もなんども目をこすり、あたりを見まわした。すると、不思議な雰囲気を漂わせた男の子が一人、じいっとわたしを見つめていた。そう。こんな様子だった。わたしは後になって彼の絵を何枚も描いたけれど、この絵がいちばんよく描けている。もちろん、本物の方がずっといいけどね。でも、それはわたしのせいじゃない。六歳のとき画家になる道を大人たちに邪魔されてからというもの、わたしはボアの外側と、中身と、それしか絵を描いたことがないのだ。

わたしは後になって彼の絵を何枚も描いたけれど、
これがいちばんよく描けている。

わたしはそれこそ目を丸くして、幻のように現れた姿を観察した。さっきも言ったように、わたしがいたのは人里を千マイルも離れた砂漠なのだ。それなのに、その男の子は、道に迷って途方に暮れているようでも、死ぬほど疲れているようでも、死ぬほど飢えているようでも、死ぬほどのどが渇いているようでも、死ぬほど怖がっているようでもない。人里を千マイルも離れた砂漠のまん中に置き去りにされた子どもとは、とうてい思えなかった。わたしは、どうにか口が利けるようになると、すぐ聞いた。

「でも……、きみ、こんなとこで、何をしてるの？」

彼はひどくゆっくりと、とても大事なことを言うみたいに、繰り返した。

「おねがい……、ヒツジの絵を描いて……」

あまりにも不思議なことに出くわすと、人は思わず受け入れてしまうものらしい。わたしもまた、人間の住む世界から千マイルも離れたところで死の危険が迫っているというのに、なんだってこんな馬鹿げたことを、と思いながら、ポケットから紙と万年筆を取り出していた。でも、その途端、自分が地理と歴史と算数と国語の勉強しかしてこなかったことを思い出し、少し不機嫌になって、言った。

「だめ、だめ。絵の描き方なんか、とっくに忘れたよ」

「かまわないよ、そんなこと。ヒツジの絵を描いて」

わたしはヒツジの絵なんか描いたことがないから、自分に描くことが出来るたった二つの絵の一つ、ボアの外側を描いてやった。すると、驚いたことに、彼はこう言ったのだ。

「ちがう、ちがう。ボアとゾウだなんて、そんなの、だめだよ。ボアってすっごくどうもうだろ。ゾウは大きすぎて、うぅんと場所をとるし……。ぼくんとこは、とっても小さいんだ。ぼくが欲しいのは、ヒ、ツ、ジ。ヒツジの絵を描いて」

で、わたしは絵を描いた。

彼はじっくり眺めまわしてから、言った。

「だめだな。このヒツジ、ひどい病気にかかってる。べつのヒツジを描いて」

わたしは、また描いた。

彼は、わたしのことを気遣うような、優しい笑顔を浮かべた。

「でも、見て……。このヒツジ、ほら、角が生えてるでしょ。角のないヒツジじゃなくちゃ……」

わたしは、また描きなおした。

でも、彼にはやはり気に入らなかった。

「このヒツジは年寄りだもん。長いこと生きていられるヒツジがいい」

わたしはすぐにも、エンジンを外す仕事に掛からなければならなかった。むしゃくしゃしたわたしは、こんな絵を描きな

ぐって、突き出した。

「さ。入れ物だ。きみのヒツジはこの中にいる」

驚いたことに、文句ばかり言っていた彼の顔が、いっぺんに明るくなった。

「ぼく、こんなヒツジが欲しかったんだ。このヒツジ、うぅんと草を食べる？」

「どうして？」

「だって、ぼくんとこは、とっても小さいから……」

「大丈夫だよ。きみにあげるヒツジは、とっても小さいから」

彼は頭を突き出すようにして、絵を覗き込んだ。

「そんなに小さくはないけど……。見て。このヒツジ、寝ちゃったよ」

わたしが小さな王子と知り合ったのは、こんなふうにしてだった。

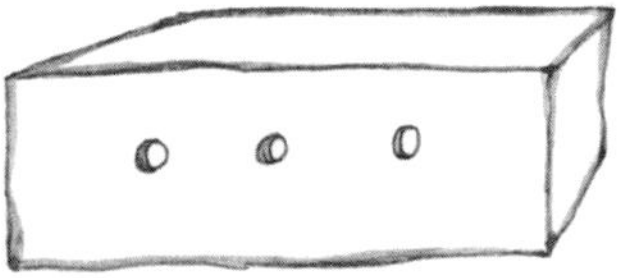

わたしは、こんな絵を描きなぐって、
突き出した。

Ⅲ

小さな王子はどこから来たのだろう？　それが分かるまでには、ずいぶん時間が掛かった。彼はいろいろと質問をするくせに、わたしが何かを尋ねても、まるで耳に入らないらしい。だから、彼のことは、彼がたまたま口にする言葉の端ばしから、ほんの少しずつ分かっていったのだった。たとえば、彼がわたしの飛行機（複雑すぎるので絵に描いて見せられないけれど）に初めて気がついたときは、こんな具合だった。

「なに？　あれ。あそこにある、へんなもの」

「変な物だなんて、きみ、あれは飛行機。今は休んでいるけど、空が飛べるんだぜ」とわたしは言い、それから、ちょっと得意になって言い足した。「わたしはあれに乗って、空を飛んで来たんだ」

すると、彼は急に大きな声をあげた。

「そうか。きみは空から落っこちたのか」

「うん……」

「へぇえ。けっさく……」

小さな王子はとても嬉しそうに笑った。

わたしは、ひとがこんなに困っているのに面白がるなんて、と、ひどく腹を立てた。

しばらくすると、彼は言った。

「じゃあ、きみも空から来たのか。どの星から……？」

その瞬間、わたしは、彼がここにいるということの謎に、かすかな光が射すのを感じた。わたしは気負い込んで言った。

「それじゃ、きみは、ほかの星から来たんだね」

でも、彼は返事をしなかった。ゆっくり首を振りながら、わたしの飛行機をじいっと見つめていた。

「なるほど。きみはそんなに遠くから来たんじゃない……」

彼は長いあいだ、身動きもせずに考え込んでいた。それから、ポケットからわたしのヒツジを出して、また長いこと、その宝物に見入っていた。

小さな王子の話から少し分かりかけてきた「ほかの星」に、わたしがどんなに興味をそそられたか、きみたち読者には想像してもらえるだろう。わたしは、もっともっと知りたくて、続けざまに質問した。

「きみはどこから来たの？」

「ぼくんとこ、って、どこ？」

「きみはヒツジをどこに連れて行くつもり？」

小惑星B612に立つ
小さな王子

彼は黙って考え込んでいたが、しばらくして、こう答えた。

「そうか。あれを使えばいいんだよね。きみがくれた入れ物、夜になったら、あれをヒツジの小屋にすれば」

「そうだよ。ヒツジは、夜は小屋に入れておくといい。なんだったら、昼間も繋いでおけるように、綱の絵も描いてあげるぜ。綱を結わえておく杭も」

わたしの申し出は、彼にはひどくショックだったようだ。

「くいに、つなぐ、だなんて……。どうして、そんな変なこと考えるの？」

「だって、繋いでおかないと、ヒツジがどっかに行っちゃって、迷子に……」

彼はまた、嬉しそうに笑った。

「でも、どこに行くっていうの？」

「だって、どっかに行っちゃうだろ？　どんどん歩いていけば……」

小さな王子は笑顔を引っ込めた。

「大丈夫なんだよ。ぼくんとこ、とっても小さいから」

それから、少し憂うつそうに、こうつけ加えた。

「どんどん歩いたって、どこにも行けやしない……」

Ⅳ

こんなやり取りがあって、わたしは、小さな王子について大事なことをもう一つ、知るようになった。彼が住んでいた星はとても小さく、家一軒ぶんぐらいの大きさしかないらしいのだ。

わたしは、しかし、そのことに驚きもしなかった。宇宙には、地球、木星、火星、金星といった、名前のついた大きな惑星のほかに、望遠鏡で見えるか見えないかぐらいの小さな惑星が何百とあるからだ。天文学者はこういう星を発見

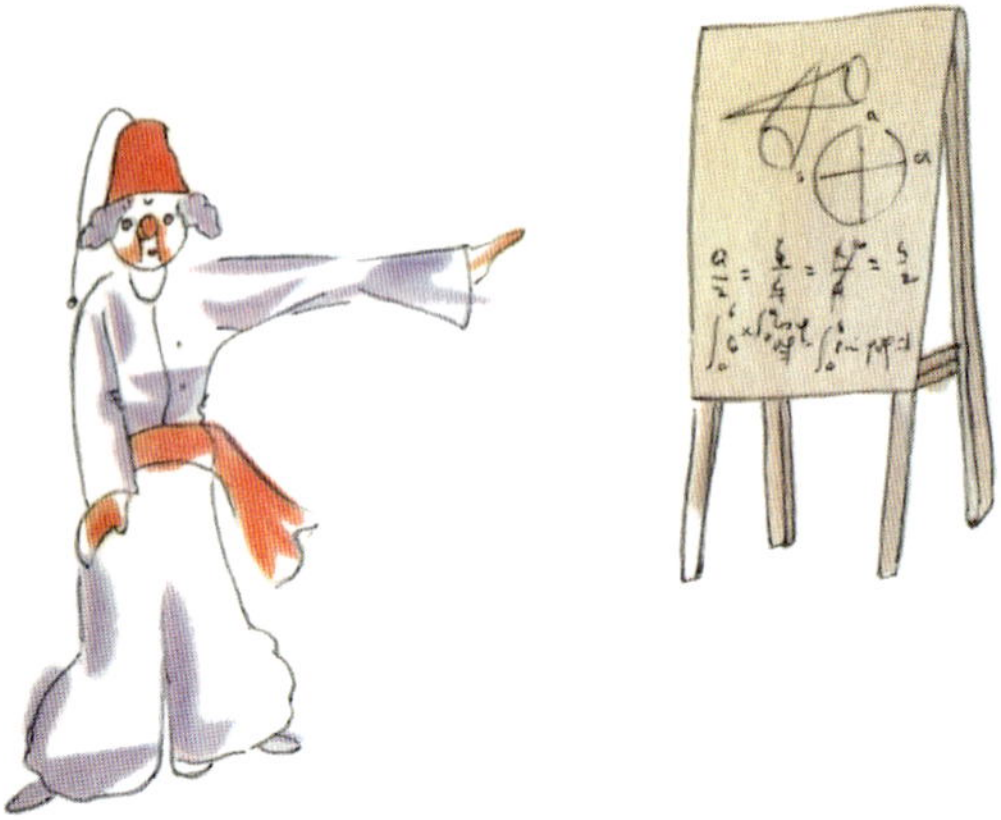

すると、名前の代わりに番号をつける。たとえば、「小惑星三二五」というように。(4)
わたしは、いくつもの信頼するに足る理由から、小さな王子が住んでいたのは小惑星B六一二(5)だ、と信じている。一九〇九年に、あるトルコ人天文学者によって一度だけ望遠鏡で観測されたことのある小惑星だ。
その天文学者は、国際天文学会議で、自分の発見について堂々たる発表をやってのけた。しかし、彼が身に着けていた衣装のせいで、誰も彼の発見を信じなかった。大人というのは、そんなものなのだ。

小惑星B六一二にとって幸運だったのは、トルコの支配者が、人民に対して、ヨーロッパ式の服を着用しない者は死刑に処す、という布告を出したことだった。一九二〇年、この天文学者は大そうエレガントな洋服を着込んで、もう一度、同じことを発表した。すると、今度は、誰もかれもが彼の言うことを信用した。

わたしが小惑星B六一二のことを、番号まで出してこんなに詳しく説明するのは、大人たちのことを考えるからだ。彼らは数字が大好きだからね。たとえば、きみたちが新しく出来た友だちのことを話しても、大人たちはけっして肝

心なことは聞こうとしない。

「その子はどんな声？」

「その子はどんなゲームが好き？」

「その子はチョウチョウを集めてる？」

こんなことはぜんぜん聞かないで、

「その子は何歳？」

「その子は何人兄弟？」

「その子の体重は何キロ？」

「その子のお父さん月給は何フラン？」

そんなことばかり聞く。それで、その子のことがすっかり分かったつもりになるのだ。

もしもきみたちが言ったとしよう。

「すてきな家があったよ。壁はばら色の煉瓦で、窓にはゼラニウムの鉢が並んでいて、屋根にはハトが止まっていて、……」

大人たちには、どんな家なのか、まるで見当もつかない。だから、

「すてきな家があったよ。十万フランもするんだって……」

こんなふうに言わなくちゃならないのだ。そうすれば、大人たちは
「ほほう。それは素晴らしい家だ」

そう言って、感嘆の声をあげる。

だから、きみたちがもし言ったとしよう。

「小さな王子はとてもかわいい子で、うれしそうに笑って、ヒツジをほしがりました。

だから、ほんとうにいたんです。……」

「誰かがヒツジを欲しがったら、それは、その人がいた証拠です。……」

などと言ったら、大人たちは肩をすくめて、

「きみはほんとに幼稚だねえ」

と言うに違いない。でも、

「小さな王子が住んでいたのは小惑星B六一二です。……」

そう言えば、大人たちはすぐに納得して、それ以上の質問はしない。大人というのは、そういうものなのだ。でも、そんな大人を今さら責めても始まらない。子どもたちは広い心を持って、そんな大人たちに接しなければならないのだ。

そうは言っても、生きることの意味が分かっているわたしたちにとっては、数字にこだわるなんて愚の骨頂だ。わたしはこの物語を、お伽噺《ときばなし》のように始めたかったのだ。

こんなふうに、――

「むかしむかし、あるところに、一人の王子がいました。その王子は、小さな星に、たった一人で住んでいました。それはとても小さな、王子の背丈よりほんの少し大きいぐらいの、小さな、小さな星でした。友だちが欲しくなった王子は、ある日、……」

こういう話し方をした方が、生きることの意味が分かっている人たちには、本当のことがずっとうまく伝わるだろう。

わたしはこの本を、軽い気持ちで読んでほしくない。

わたしの友だちの小さな王子がヒツジと一緒に行ってしまってから、もう六年になる。彼との思い出をこうして書き留めていくのは、わたしには、本当に辛《つら》いことだ。でも、彼のことを忘れないためには、今、書いておくしかない。友だちのことを忘れてしまうのは、なんとも悲しいことだ。それに、誰もかれもが友だちを持っているわけではない。もしわたしが彼のことを忘れたら、わたしもまた、数字にしか興味のない大人になってしまうだろう。

わたしは、だから、一箱の絵の具と何本かの鉛筆を買った。六歳のときにボアの外側と中身を描いて以来、絵というものを一枚も描いたことのないわたしには、この年になってまた絵を描くのは大変なことだった。わたしは、もちろん、本物そっくりに描こうと、努めてはみた。でも、うまく描けたかどうか、自信はない。ある絵はまあまあの出来だが、ほかの絵はまるで似ていない。背の高さだって、あやしいものだ。この絵の王子は大きすぎるし、あの絵の王子は小さすぎる。着ている物の色も、合っているか、どうか。わたしには、ああでもない、こうでもない、と、手探りするしかないのだ。もっと大事なことだって、間違えてしまうかもしれない。

でも、もし間違いが起こっても、どうか許してほしい。わたしの友だちの小さな王子は、なに一つ、きちんとした説明をしてくれなかったのだ。わたしのことを、きっと、自分そっくりな人間だと思ったのだろう。でも、わたしは、残念ながら、入れ物の中にいるヒツジを、壁を透かして見ることはできない。わたしもあの大人たちに、いくぶん似ているのだろう。わたしも、やはり、年を取ったのだ。

V

日が経つにつれて、わたしは、小さな王子が住んでいた星の様子や、彼がその星を出ることになった経緯《いきさつ》や、旅のあいだのさまざまな出来事を、だんだんに知るようになった。彼の何気ない言葉の端ばしから、ほんの少しずつ、こぼれ落ちるように、見えてきたのだ。三日目に、恐ろしいバオバブのことを知ったのも、そんなふうにしてだった。

このときも、きっかけはヒツジだった。小さな王子は、急に思いつめたような顔になって、こう言った。

「ヒツジは小さい木を食べるっていうけど、ほんとかなあ？」

「うん。食べるけど……」

「じゃあ、安心していいんだな」

ヒツジが小さい木を食べるかどうかが、なぜそんなに大変なことなのだろう？　わたしが怪訝《けげん》に思っていると、彼が言った。

「だったら、ヒツジはバオバブも食べるよね？」

「だって、きみ、バオバブっていえば、教会の建物ぐらい大きいんだぜ。(6)ゾウをひと群れ、まるごと連れてきたって、ただの一本も食べきれやしない……」

小さな王子は、ゾウをひと群れ連れてくる、というのがおかしかったのか、嬉しそうに笑った。

「そんなにたくさんゾウが来たら、積み上げておかなくちゃ、ね……」

でも、彼はすぐに分別じみた顔になった。

「バオバブだって、大きくなる前のいちばんはじめは、うんと小さいよ」

「それはそうだけど。でも、きみはなぜ、ヒツジにバオバブを食べさせたいんだ？」

「だって、そんなこと……」

彼は、そんなこと決まってるじゃない、と言いたげに、こう答えただけだった。だからわたしは、さんざん頭を悩ませて、一人でこの難問を解かなければならなかった。

答は、こういうことらしい。小さな王子の星には、ほかの星と同じように、いい植物と悪い植物があった。したがって、いい植物のいい種と悪い植物の悪い種があった。けれども、種は人の目にはつかない。地面の下でひっそり眠っている。やがて、種たちの一つが、ふと、目を覚ます。彼女は伸びをして、それから、小さな、かわいらしい芽を、太陽に向かってそっと押し出してやる。出てきたのがアカカブかバラの芽だったら、伸びるにまかせておけばいい。でも、悪い植物のときは、見分けがつくように

なり次第、すぐ抜かなければならない。
王子の星には、恐ろしい種——バオバブの種があった。その星の土はバオバブの種で汚染されていた。バオバブは、抜くのが少しでも遅れると、もう根絶やしにできなくなる。バオバブが星を占領する。その根が星を突き破る。小さな星にバオバブがたくさん生えると、そのために、星が破裂してしまう。
後になって、彼はこう言ったことがある。
「決まったことを、毎日、ちゃんとできるかどうかの問題だけどね。朝、起きて自分の顔を洗ったら、すぐ星の顔をきれいにしてやる。

うぅんと時間をかけて、すっかりきれいにする。バオバブとバラは小さいときはそっくりだから、見分けがつくようになったら、バオバブだけ引っこ抜く。どんなことがあっても、すぐ抜かなくちゃいけない。面倒で、退屈な仕事だけど、でも、むずかしいってほどじゃない」

また、別の日には、バオバブの恐ろしさをきちんとした絵に描いておくよう、わたしに薦めた。

「そうすれば、きみの星の子どもたちの頭にも、よぉく入るからね。その子たちが旅に出るようになったとき、きっと役に立つと思うよ。世の中には、先に延ばしてもかまわない仕事もたくさんあるけど、でもバオバブだけは、ちょっとでも油断をしたら、とんでもないことが起こる。ぼくの知ってる星に怠け者が住んでてね、そいつが、小さなバオバブを三本、ほったらかしておいたら、……」

わたしは、小さな王子に教わりながら、その星の様子を絵に描いた。わたしは道学者先生じみた物言いは好きじゃない。でも、バオバブの恐ろしさがほとんど知られていないいま、誰かが小惑星に迷い込んだときに出くわす危険は、測り知れないものがある。だから、わたしも今度だけは道学者先生を真似て、声を大にして言うことにしよう。(7)

「諸君！　バオバブには、気をつけるのですぞ！」

きみたちは、わたし自身もそうだけど、もうずっと以前から、自分では気がつかずにある危険と向き合っている。わたしが苦心してこの絵を描いたのは、そのことを知らせたかったからだ。いま言ったことが少しでもきみたちの役に立てば、わたしも努力のかいがあったというものだ。

きみたちは思うかもしれない。この本の挿絵は、なぜバオバブの絵だけが立派に描けているのだろう、と。答えはしごく簡単だ。ほかの絵だって努力はしたけれど、うまく描けなかったのだ。バオバブを描いたときのわたしは、居ても立ってもいられなくて、何かが乗り移っていたような気がする。

バオバブの木

VI

小さな王子よ。

わたしはこんなふうにして、きみの幼い人生の悲しみを、少しずつ知るようになった。きみの心が本当に休まるのは、もうずっと前から、日が沈むのを眺めているときだけだったのだね。

そのことをわたしが初めて知ったのは、四日目の朝、きみがこう言ったときだった。

「ぼくは日が沈むときが大好きなんだ。ね、日が沈むの見に行かない……？」

「でも、それまで待たなくちゃ……」

「待つって、何を？」

「だから、日が沈むのを」

きみは、ひどく驚いた様子だった。それから、すぐ、照れたような笑顔になって、言った。

「ぼくときたら、いつも、自分の星にいるつもりになっちゃうんだ」

そうだったんだね。誰でも知っているように、アメリカがいま真昼なら、フランスではいま日が沈む。もしフランスまで一分間で行けるのなら、日が沈むのを見に行くのはわけはない。残念ながらフランスは遠すぎるけれど、きみの住んでいた小さな星でなら、自分の椅子を持ってほんの少し歩けばいい。きみは何回でも、好きなだけ、日が沈むのを眺めることができる……。

「ぼくはね、日が沈むのを、一日に四十四回、見たことがある」

きみはそう言ったね。それから、しばらく黙っていたけれど、また、ぽつんと言った。

「きみなら分かってくれるだろうけど……、人って、本当に悲しいときは、日が沈むのを見ていたくなる……」

「四十四回も見た日は、そんなに悲しかったの？」

でも、きみは返事をしなかったね。

Ⅶ

五日目。この日もヒツジのおかげで、わたしは小さな王子の秘密を知ることになった。彼は何の説明もなしに、いきなりこんなことを聞いた。長いこと一人で悩んでいた心配ごとがあって、そこからふいに質問が飛び出した、そんな感じだった。

「ヒツジはね、小さな木を食べるぐらいだから、花もやっぱり食べるよね？」

「目についたものは、何だって食べる」

「棘のある花でも？」

「ああ、棘のある花でも」

「じゃあ、棘は、何の役に立つの？」

そんなことは、わたしに分かるはずがない。わたしはそのとき、エンジンの固く締まったボルトを外そうと、懸命になっていた。飛行機の故障は思いのほかひどくて気が気でなかったし、水もほとんど飲み尽くして、最悪の事態になりそうだった。

「棘は、何の役に立つの？」

王子は、いったん質問を始めると、どんなことがあっても諦めない。わたしはボルトのことで苛立っていたので、いい加減に答えた。

「棘なんか、何の役にも立ちゃしない。花が持っている悪い心が、棘の形になって出てくるのさ」

「そんな……」

彼はしばらく押し黙っていた。それから、猛然と食ってかかった。

「うそだよ、そんなの。あの花は弱いんだ。赤んぼみたいに弱いんだ。せいいっぱいのことをして、安心しようとしてるんだ。自分を食べにくるけものは棘を怖がると、そう信じて……」

わたしは返事をしなかった。わたしはそのとき、このボルトはすごく固いからハンマーで叩いて弛《ゆる》めるしかないな、と、考えていた。すると、彼はまた、わたしの思案の邪魔をした。

「きみは、本気でそう思っているのかい？　花の悪い心が……」

「ちがう。ちがう。そんなこと思っちゃいない。言ってみただけだ。今はね、大事なことで、とっても忙しいんだよ」

彼は、ぼう然としたように、わたしを見つめた。

「大事なこと、だっ、て」

彼は、指をグリスで黒く汚し、手にはハンマーを握りしめ、彼の目にはひどく醜悪に見えるに違いないものの上に身を屈めているわたしを、睨みつけた。

「きみは、まるで、大人みたいな口の利き方をするね」

そう言われて、わたしは少し恥ずかしくなった。彼は容赦なく言いつのった。

「きみは、なにもかも、一緒くたにしてる。ごちゃまぜの、ぐちゃぐちゃ……」

彼はすっかり腹を立て、その見事な金髪を風の中で揺すぶった。

「ぼくの知ってる星に、赤ら顔のデブっちょが住んでいる。そいつは花の匂いをかいだこともない。星を眺めたこともない。誰かを愛したこともない。朝から晩まで、お金の勘定ばかりしている。それでいて、一日じゅう、まるできみみたいに、おれはよく働く人間だ、おれは忙しい人間だって、そればかり言っている。からだじゅう、うぬぼれでいっぱいで、はち切れそうだ。あんなやつは人間じゃない、キノコだ」

「なんだって……?」

「キ、ノ、コッ」

彼の顔は、まっ青になっていた。

「花は何百万年も前から棘をつくってきた。ヒツジも何百万年も前からその花を食べてきた。花は何の役にも立たない棘を、なぜ、そんなに苦労してまでつくるのか。その答を探すことが、大事じゃないって言うのかい？　ヒツジと花の戦いなんか、どうだっていいって言うのかい？　そんなことより赤デブの金勘定の方が大事だって、そう言いたいのかい？　ぼくの星にはね、宇宙のどこにもない、ぼくの星にしかない花がある。小さなヒツジが、ある朝、その花を食べてしまうかもしれない。自分が何をしているかなんて、考えもしないで。そうしたら、ヒツジのそのひと口で、花はこの世から消えてしまう。ぼくがそれを心配するのが、くだらないことだって、言うのかい？」

彼の顔は、まっ赤になった。

「何百万、何千万もある星の一つに咲いている、一本の花を愛してる人がいたら、その人は、そのたくさんの星を眺めるだけで幸福になれる。ぼくの花はあのどこかにあるんだって、そう考えてね。だけど、その花をヒツジが食べてしまえば、その人にとっては、星が全部、いっぺんに消えてしまうんだ。そうなっても、きみは、大したことじゃないって言うのかい?」

彼はもう、ものを言うことが出来なかった。急に叫び声をあげ、肩を震わせて泣き出した。夜になっていた。わたしは手にしていた工具を下に置いた。ハンマーも、ボルトも、もうどうでもよかった。のどが渇いて死にそうなことも、どうでもよかった。ここには一つの星が、一つの惑星が、わたしの惑星が、この地球があり、その地球の上には、わたしの慰めを待っている友だちがいた。わたしは彼を抱きしめて、しずかに揺すった。

「きみが愛している花は大丈夫だよ……。ヒツジに嵌《は》める口輪を、わたしが描いてあげるからね……。きみの花を守る囲いも、わたしが描いてあげるからね……。だから……」

わたしは、どう話せばいいのか、分からなかった。自分の不器用さ加減が惨めだった。どうすれば彼の心に届くことができるのか、どうすれば二人の気持ちがもういちど通い合うようになるのか、わたしには分からなかった……。涙の国というのは本当に不思議なところだ。

VIII

わたしは間もなく、その花(8)のことをもっと詳しく知ることになった。

小さな王子の星に咲く花は、以前はみな、花びらが一重の素朴な花ばかりだった。場所を取らず、誰の邪魔もせず、朝になると草のあいだから顔を出し、夕方になると消えてゆく。ところが、ある日、どこから種が飛んで来たのか、見たこともない植物が芽を出した。もしかしたら新種のバオバブかもしれない。そう思った王子が見張りを続けていると、その木はすぐに伸びるのをやめて、花を咲かせる準備を始めた。

蕾は日ごとに膨らんでゆく。それを見た王子は、どんな奇跡が現れるかと心待ちにしたが、花は、もっともっと美しくなろうと、みどりの隠れ家に籠もったままだった。彼女は念を入れて自分を飾る色を選んだ。それから、着るものをゆっくり身につけ、花びらを、一枚、一枚、ととのえた。ヒナゲシみたいな皺くちゃ衣装で外に出るのは、まっぴらだった。光り輝く美しさで登場したかった。そう。彼女はとてもお洒落だったのだ。だから、来る日も、来る日も、謎めいた身支度を続けた。そして、ある朝、ちょうど日の出の時刻に、とうとう姿を現した。

念には念を入れて身なりをととのえた花は、あくびをしながら言った。

「ああ。あたくし、目が覚めたばっかりで……、ごめんなさい……、まだ花びらを梳かしていませんの……」

でも、王子は、こう言わずにはいられなかった。

「きみは、なんて美しい……」

「おそれ、いりますこと」と花はあまい声で言った。「あのう……、あたくし、お日さまと一緒に生まれたんですのよ」

王子は、この花はずいぶんうぬぼれ屋だな、と思った。でも、そうは思っても、見れば見るほど美しい花だった。

「あら、もう、こんな時間……。きっと、朝ご飯のお時間ですわ。もしお嫌でなかったら、あたくしにもなにか……」

どぎまぎした王子は、新しい水を入れた如雨露《じょうろ》を持ってきて、花にかけてやった。

こうして、見栄っぱりでお天気屋の花は、すぐに王子を困らせるようになった。たとえば、ある日、自分が身につけている四本の棘のことで、こんな話を始めた。

「あたくし、この棘のおかげで、トラが爪を剝き出しにして向かって来ても、平気なんですのよ」

「でも、この星にはトラなんかいないよ。それに、トラは草は食べないし……」

「あたくし、草ではありませんことよ」

「ごめん……」

「あたくし、トラなんか、ちっとも恐ろしくありませんわ。それよりも、風が吹くのが怖いんですの。風除《かざよ》けをお持ちじゃありませんこと？」

風が怖いなんて、と王子は思った。植物なのに困るだろうなあ。それにしても、気むずかしい花だ……。

「夜になったら、ガラスの覆いをお願いしますわ。あなたのところは寒すぎますもの。星のある場所が悪いんですのね。あたくしが、もとおりました星は……」

花は言いかけて、口をつぐんだ。彼女がこの星に来たのはまだ種のときで、だから、ほかの星のことなど知るはずがない。彼女はすぐにばれるような嘘をついたことがばつが悪くて、王子のせいにしてごまかそうと、二、三度、咳をしてみせた。

「風除けは、どうなりまして？」

「取りに行こうとしたら、きみが話しかけたから……」

花はまた、わざと咳をした。王子は自分のせいで花がのどを痛めたような気がしてきた。

こんな日が続くうちに、小さな王子は花のことを真剣に愛しながらも、一方では疑うようになった。彼女が軽い気持ちで口にしたことを、一つ、一つ、本気で受けとめ、そのために落ち込んでしまったのだった。

彼はわたしにこう打ち明けたことがある。

「彼女の言うことなんか、気にしなければよかったんだね。花ってものは、言ってることなんか気にしないで、咲いてるのを眺め、匂いをかげば、それでよかったんだね。ぼくのあの花は、星じゅうをいい匂いでいっぱいにしてくれたけど、でも、ぼくは素直に喜べなかった。トラの爪の話だって、ぼくはすごくいらいらしたけれど、同情して聞いてあげなければ、いけなかったんだね……」

彼はまた、こんなことも言った。

「ぼくは、なんにも分かっちゃいなかったんだね。ぼくはあの花を、言うことじゃなく、してくれることで、判断すればよかったんだ。ぼくは、彼女のおかげで、いつもいい匂いに包まれてたし、いつも明るい光の中にいた。ぼくは逃げ出しちゃいけなかったんだ。口先の意地悪なんか気にしないで、その裏にある優しさを見抜いてあげなくちゃいけなかったんだ。花っていうものは、言うこととすることが、逆さまなんだから。あのころのぼくは、まだ子どもすぎて、どうすれば彼女を愛することが出来るのか、分からなかったんだ」

IX

小さな王子は星を脱出するのに、野生の鳥の移動を利用したに違いない。わたしはそう信じている。

出発の日の朝、彼は自分の星をきちんと片付けた。活火山は丹念に掃除をして、煤をすっかり落とした。彼の星には活火山が二つあって、朝ご飯を温めるのにとても便利だった。休火山も一つあったが、これもいつ噴火するか分からない。だから、同じように煤を落とした。火山というものは、煤さえ落としておけば、静かに、規則ただしく燃えているだけで、噴火はしない。火山の噴火は暖炉の火事と同じなのだ。この地球では、わたしたち人間は小さすぎて、火山の煤が落とせない。だから、火山はしじゅう災害を引き起こす。

活火山は丹念に掃除をして、
煤をすっかり落とした。

小さな王子は、残っていたバオバブの芽を引き抜いた。なぜか、もの悲しかった。彼はこの星に二度と戻るつもりはなかった。でも、この朝は、いつもの仕事が、どれも、これも、ひどくいとおしいものに思われた。花に最後の水をやり、ガラスの覆いをかぶせようとしたとき、彼は自分が涙ぐんでいるのに気づいた。

彼は花に言った。

「さようなら」

でも、花は答えなかった。

彼はもういちど言った。

「さようなら」

花は咳をした。でも、風邪を引いたからではなかった。

ずいぶん経ってから、彼女はようやく言った。

「あたし、ばかでした……。ごめんなさい……。幸せをお祈りしますわ」

王子は彼女が自分を責めないことが信じられなかった。慌てた彼は、ガラスの覆いを手にしたまま立ちすくんだ。きょうの彼女は、なぜこうも穏やかで優しいのか。彼にはそれが理解できなかった。

「あたしは、そうよ、あなたが好きなんです。あなたが気がつかなかったのは、あたしが悪いんです。でも、そんなことは、もうどうでもいい。あなたもやっぱりお馬鹿さんだったんだわ。お幸せでね……。風除《かざよ》けはそこに置いといてくださいな。もういりませんから」

「でも、風が吹くと……」

「あたしの風邪は、もう大丈夫。夜の涼しい風にあたれば元気になりますわ。あたしは花ですもの」

「でも、虫やけものが……」

「あたし、チョウチョウと知り合いになりたいから、毛虫の二匹や三匹、我慢しますわ。チョウチョウって、ほんとに綺麗でしょ。あなたは遠くに行ってしまうし、あたしのとこに遊びに来てくれるのは、チョウチョウだけ……。大きな獣が来たって、ちっとも怖くない。あたしにだって、ほら、こんな爪があるんだもの」

彼女はそう言うと、子どもっぽい仕草で四本の棘をひけらかした。

「さあ、ぐずぐずしないで。本当にいらいらする。行くって決めたんでしょ。さ。行って頂戴」

彼女がそう言ったのは、泣いているところを見られたくないからだった。本当に、見栄っぱりで意地っぱりな花なのだ……。

X

小さな王子は、小惑星三二五、三二六、三二七、三二八、三二九、三三〇、が浮かんでいるあたりに来た。彼は、いろいろなことを学び、自分が本当にしたいことを見つける旅の手初めに、これらの星を訪ねることにした。

最初の星には王さまが住んでいた。緋《ひ》の布と白貂《てん》の毛皮で仕立てた衣装を身に纏い、簡素ながらも威厳のある玉座に腰を据えた王さまは、王子の姿を見るなり、大きな声で言った。

「おお。これは、臣下が参ったな」

この人はなぜぼくのことが分かるんだろう、と小さな王子は思った。これまで一度も会ったことがないのに。

王子は知らなかったけれど、王さまというものにとっては、世の中の仕組みはこの上なく簡単だった。つまり、自分以外の人間はみな臣下なのだ。王さまは、久しぶりに王さまらしく振る舞える相手が見つかったことに至極ご満悦で、尊大ぶって、言った。

「近う寄れ。汝の顔がよく見えるように、な」

王子は自分の座る場所を目で探したが、王さまの壮大な白貂《てん》のマントが星じゅうに広がっている。仕方なく立ったままでいると、疲れのためか、あくびが出た。

「王の前で欠伸《あくび》をするのは、礼儀作法に反するぞ」と王さまが言った。「朕《ちん》は汝に、欠伸をすることを禁ずる」

うろたえた王子は、急いで言った。

「我慢できなかったんです。ぼく、長いあいだ旅をして……、ずっと、寝てなくて……」

「それでは、朕は汝に、欠伸をするよう命ずるとしよう。朕はここ数年、人間が欠

伸をするのを見ておらぬからの。欠伸《あくび》は、朕《ちん》には面白い見世物であるぞ。さあ、もう一回、欠伸をせい。これは命令である」

王子はまっ赤になって、言った。

「そんなふうに言われると、緊張して……、もう出なくなりました」

「ふむ。ふむ。それでは、朕は……、朕はであるな、こう命ずるとしよう。汝はあるときは欠伸をし、はたまた、あるときは……」

王さまはしどろもどろに言い、途中で口をつぐんだ。どうやら自尊心が傷ついたらしかった。

それというのも、この王さまにとっていちばん大切なのは、自分の権威を守ることだった。彼は、自分に服従しない者は許せなかった。つまり、専制君主だった。けれども、たいへん善良な人物だったから、無理な命令は下さなかった。彼は日ごろから、

「もしも朕が将軍に海の鳥に変身するよう命じたとして、将軍がもしその命令に従

わなかったら、非は将軍にあるのか？　否、それは朕の誤ちである」

こう口にしていた。

王子はおそるおそる尋ねた。

「座っても、よろしいでしょうか？」

「朕は汝に、座るよう命ずる」

王さまはそう答えると、白貂《てん》のマントの垂れを、おもおもしく引き寄せた。

ところで、小さな王子には、不思議でならないことがあった。その星はとても小さいのだ。この小さな星の上で、王さまはいったい何を治めているのだろう？

「陛下……」と彼は言った。「お尋ねしてもよろしいでしょうか……？」

「朕は汝に、尋ねるよう命ずる」

「陛下は、何を治めておられるのでしょうか？」

王さまは、いともあっさり答えた。

「みんな、である」

「みんな？」

王さまは、さりげない身振りで自分の星を指し、それからほかの星たちを指した。

「どの星も、みんな、ですか？」

「あれなる星も、これなる星も、みぃんな、である」

つまり、王さまは、この星の専制君主であるだけではなく、全宇宙の君主でもある、というのだ。

「すると、どの星もみんな、陛下のご命令に従うのでしょうか？」

「もちろんである。いかなる星どももまた、立ちどころに朕《ちん》が命令に従う。朕は、朕に服従せぬものは、許さぬ」

小さな王子は、王さまのこの権力に驚いた。もし自分にそれだけの権力があったら、座ったまま、場所を変えずに、一日に四十四回どころか、七十二回でも、百回でも、二百回でも、日が沈むのを眺めることができるのだ。彼は、自分が見捨ててきた小さな星のことを思い出して少し悲しくなっていたから、思い切って、王さまのこの力にすがってみることにした。

「ぼく、日が沈むところを見たいんですけど……。どうか、ぼくのために……、太陽に、沈むようご命令を……」

「もしも朕が将軍に、チョウのように花から花へ飛びまわるよう、あるいは悲劇を執筆するよう、はたまた海の鳥に変身するよう命じたとして、将軍がその命令に従わなかったなら、非は将軍にあるか、はたまた朕にあるか。汝はいかが考えるかな?」

「それはもう、陛下にあります」

「その通り。すべての者に各自なし得るところをなさしめよ。権力は、なによりもまず、理性の上に立たねばならぬ。汝がもし汝の人民に海に身を投ずるよう命ずるならば、その者どもは革命を起こすであろう。朕は無理な命令は下さぬ。ゆえに、朕はみなを服従せしめる権利を持つ」

「それで、ぼくの日の入りは？」

小さな王子は話を戻そうとした。彼は、いったん質問を始めると、けっしてやめないのだ。

「さよう。汝の日の入りであったな。朕《ちん》は太陽に命ずることにしよう。だが、条件が整うまで、待たねばならぬ。それが朕の政治の秘訣でな」

「いつまで待てばいいのですか？」

「ふむ。ふむ」とつぶやきながら、王さまは大きな暦をめくった。「ふむ。ふむ。それはであるな、ええと……、ええと……、今夜は、さよう、七時四十分ごろであるな。その時刻になれば、汝もよぉぉく見ておくがよい、朕の命じた通りになる」

王子はあくびをした。折角の日の入りが、どこか遠くに行ってしまったみたいで、がっかりだった。それに、少しばかり退屈になってきてもいた。

「この星にいても、もう、することもないし……。ぼく、行くことにします」

「行ってはならぬ」と王さまは言った。

王さまは、せっかく手に入れたたった一人の臣下を、手放したくないらしかった。

「行ってはならぬ。朕は汝を、長官に命ずるとしよう」

「長官、って、何の、ですか？」

「さよう。ええと……、裁判所の、長官である」

「でも、この星には、裁判に掛ける人なんか、いないじゃありませんか」

「それはなんとも分からぬぞ。この星に人間がいるか、いないか、朕にも分からぬ。朕はまだ、領土を巡回したことがないからの。朕は年を取りすぎたし、ここには馬車を置く場所がないし、歩くのはくたびれるから、のう」

「でも、ぼく、もう見ましたけど」と王子は言い、からだを乗り出して星の裏側を覗いた。「裏側にもやっぱり人はいません」

「それでは、汝自身を裁くがよい。これは大そう難しい仕事であるぞ。自分を裁くことは、他人を裁くよりも難しい。汝が汝自身を見事に裁きおおせたら、それは、汝が真に賢いことの証拠である」

「でも、自分を裁くのなら、どこにいたって出来ます。ここにいる必要はありません」

「ふむ。ふむ。朕《ちん》が星には、たしか、年老いたネズミが一匹おっての。その証拠には、夜ごと鳴き声が聞こえてくる。汝はその爺さんネズミを裁判に掛けるがよい。ときどき死刑を宣告するのがよかろう。つまるところ、チュウ公の命は汝の判決次第、というわけであるな。ただし、その都度、恩赦を与えること。なにしろ、朕が領土には、被告たりうるもの、爺さんネズミ一匹しかおらぬからの。無駄遣いは許されぬ」

「死刑を宣告するなんて、ぼく、まっぴらです。もう行きます」

「行ってはならぬ」と王さまが言った。

小さな王子はもうすっかり出発する気になっていたが、この年老いた王さまを悲しませたまま行ってしまうことはためらわれた。それで、こんなふうに言ってみた。

「国王陛下たるもの、臣下の服従を望むならば、無理な命令は下してはならぬ。だったら、朕は汝に一分後に出発するよう命ずる、とか、そんな命令を下された方がいいように思うんですけど……。条件は整っているようですし……」

王さまは答えなかった。小さな王子は少しためらっていたが、ひとつ大きく息をすると、出発していった。その背中を、王さまの声が追いかけた。

「朕は、汝を、大使に命ずるぞおおお……」

その声はやはり、堂々たる権力の気配を運んできた。

王子は、旅を続けながら、こうつぶやいた。

「大人って、本当に、変てこだなあ」

XI

二番目の星には、うぬぼれ屋が住んでいた。彼は小さな王子を見つけると、遠くから大声で呼びかけた。

「おお。これは、これは。わしのファンのご入来だな」

うぬぼれ屋にとっては、他人はみな自分のファンなのだ。

「こんにちは」と王子が言った。「変わった帽子をかぶってますね」

「挨拶用の帽子さ。拍手喝采を受ければ、わしはこの帽子で挨拶する。でも、残念なことに、ここには人が来たことがない」

「ふうん、そうですか……」

彼はそう答えたものの、うぬぼれ屋の言っていることがよく分からなかった。

「さあ。さあ。両手を前に出して、右の手と左の手を打ち合わせる」

彼は言われたとおりに拍手をした。うぬぼれ屋は、帽子を少し持ち上げて、軽くお辞儀をした。

王さまんとこよりか面白いや。小さな王子はそう思って、また手を叩いた。うぬぼれ屋は、また帽子を持ち上げて、お辞儀をした。

でも、五分も拍手をしているうちに、彼はこの単調な遊びに飽きてきた。

「帽子を脱いでもらうのには、どうすればいいんですか？」

彼はそう尋ねたが、うぬぼれ屋には聞こえないらしかった。うぬぼれ屋というものは、自分を褒めてくれる言葉しか耳に入らないのだ。

「あんたはわしのことを、本当に、うんと崇拝しているかね？」

「すうはい、って、どういうことですか？」

「崇拝というのはな、わしがこの星で、いちばんハンサムで、いちばんお洒落で、いちばんお金持ちで、いちばん頭がいいってことを、あんたが認めることさ」

「でも、この星には、おじさん一人しかいないでしょう」

「頼むからさ、わしのこと、崇拝してくれよ。な」

「してあげてもいいけど……。でも、崇拝してもらうと、何かいいことがあるのかなあ」

小さな王子はちょっと肩をすくめると、その星を後にした。

彼は旅を続けながら、こうつぶやいた。

「大人って、本当に、とっても、変てこだなあ」

XII

つぎの星には、飲んだくれが住んでいた。この星には、小さな王子はほんの少ししかいなかったが、ひどく憂うつになってしまった。

飲んだくれは、酒のいっぱい入った瓶をたくさん並べ、飲んでしまった空の瓶もたくさん並べ、その前に黙って座っていた。

「おじさんは、そこで、何をしているんですか？」と小さな王子が聞いた。

「酒を飲んでいる」と飲んだくれが気味の悪い声で言った。

「なぜ飲むんですか？」

「忘れるために」

王子は気の毒になって、聞いた。

「何を忘れたいんですか？」

「恥ずかしいのを忘れたい」

飲んだくれはそう言って、頭を垂れた。

王子はますます気の毒になった。

「何が恥ずかしいんですか？」

「飲んだくれるのが恥ずかしい」

飲んだくれはそれだけ言うと、あとはもう、まるで口を利かなかった。

小さな王子は困ってしまって、その星を後にした。

彼は旅を続けながら、こうつぶやいた。

「大人って、本当に、とても、とても、変てこだなあ」

XIII

四番目の星は、実業家の星だった。この人は仕事に夢中で、小さな王子が来ても、顔も上げなかった。

「こんにちは」と王子が言った。「タバコの火が消えてますよ」

「三足す二は五。五足す七は十二。十二と三で十と五。やあ、こんにちは。十五と七で二十と二。二十二と六で二十八。タバコに火をつける時間もなくてね。二十六と五では三十一。ようし、ご明算。合わせて、五億、とんで一百六十二万、二千七百三十一」

「五億って、何がですか?」

「え? きみ、まだいたの? 五億じゃない、五億とんで一百六十二万……。何が

ですか、だって？　どうだっていいだろ、そんなこと。わたしの仕事は、山ほどある。一生懸命、仕事をする。つまらん話にゃ、付き合えない。わたしはねえ、そんな話を面白がってる暇なんか、ないんだよ。二足す五は七。……」

「五億って、何がですか？」

小さな王子はまた同じことを聞いた。彼はいったん質問を始めると、どんなことがあってもやめないのだ。

実業家は顔を上げた。

「わたしはねえ、この星に五十四年も住んでいるが、仕事の邪魔をされたことは、三回しかない。一回目は二十二年前、カナブンが飛び込んできたときだ。どっから来たか、知るもんか。音がぶんぶんぶんぶんぶん、あんまうるさいので、わたしは四回も計算を間違えた。二回目は十二年前、ひっでぇリューマチにかかったとき。あれは運動不足のせいだな。だけど、わたしには、ジョギングしてる暇なんかないしね。わたしときたら、一生懸命仕事をするからな。三回目は……、それが、今だ。だから、さっきも言ったように、五億とんで……」

「だから、何の数ですか？　その、何億とかの……」

実業家は、そっとしておいてはもらえないと、諦めたらしかった。

「だからさ、あの小さいやつだよ。ほら、ときどき空に見えるだろ？」

「ハエですか？」

「ちがう。小さくて、光ってるやつ」

「ハチ？」

「ちがう。小さくて、金色のやつ。怠け者たちが眺めて、いろいろ、下らん思いに耽《ふけ》るやつさ。もっとも、わたしときたら、一生懸命仕事をするから、そんな暇はないけどな」

「あ、星ですね」

「そう。それ、それ。星だ」

「その五億の星を、おじさん、どうするんですか？」

「五億じゃない。五億、とんで一百六十二万、二千七百三十一。わたしは一生懸命計算した。絶対に間違いない」

「それで、その星を、どうするんですか？」

「どうするか、って？」

「ええ」

「どうもしない。所有するだけだ」

「所有するって、星をですか？」

「そうだよ」

「でも、このあいだ、王さまに会ったら……」

「王さまというものはね、所有はしない、支配をする。所有と支配は、大違いだ」

「星を所有すると、何かいいことがあるんですか？」

「金持ちになれる」

「金持ちになると、何かいいことがあるんですか？」

「誰かが新しい星を見つけたとき、その星が買える」

この人の言ってることは、と小さな王子は思った。なんだか、あの飲んだくれの理屈に似ている……。

それでも、彼にはまだ質問したいことがあった。

「どうすれば、星を所有できるんですか？」

実業家は、むっとした様子で言い返した。

「それでは聞くが、星は誰のものだね？」

「よく分からないけど……。きっと、誰のものでもない……」

「そうだろう。だから、星はわたしのものさ。わたしのものだと考えたのは、わたしが最初だからな」

「最初に考えただけで……？」

「そうとも。誰のものでもないダイアモンドを、きみが見つけたとする。そうしたら、そのダイアモンドはきみのものだ。誰のものでもない島を、きみが見つけたとする。その島はきみのものだ。誰も考えなかったことを、きみが最初に思いつく。きみは特許を取る。つまり、その考えはきみのもの、ということだ。星を所有することは誰も考えなかった。わたしが最初に思いついた。だから、星の所有者は、このわたしだ」

「そう言われれば、そうかもしれないけど。でも、その星を、どうするんですか？」

「わたしは星を管理する。星がいくつあるか数える。数えて、数えて、数え抜く。難しい仕事だ。だが、わたしは真面目だから、一生懸命仕事をする」

王子はまだ納得できなかった。

「ぼくがマフラーを所有していたら、首に巻いて、持っていられますよね。花を所有していたら、その花を摘んで、持っていられる。でも、星は、摘むことなんか、出来ないじゃありませんか」

「摘むことは出来ないさ。だが、銀行に預けることは出来る」

「銀行に預ける……？」

「つまりだな、自分が持っている星の数を小さな紙に書く。それから、その紙を引き出しにしまって、鍵を掛けておく」

「それだけ……？」

「そう。それだけで、十分《じゅうぶん》」

ふうん、面白そう……、と王子は思った。ずいぶん変わった考えで、まるで詩を読んでるみたい。でも、なんだか、いんちき臭いな。

何が大事なことなのか、という点で、大人たちとはまるで違う考えを持っている王子は、実業家に向かって言いつのった。

「ぼくは自分が所有している花に、毎日、水をやってます。火山を三つ所有しているけど、毎週一回、掃除して煤を落とします。休火山も煤を落とします。でないと、いつ噴火するか分かりませんからね。ぼくが火山や花を所有していると、そのことが火山や花の役に立っている。でも、おじさんは、星を所有しているだけで、ちっとも星の役に立ってない……」

実業家は口を動かしたが、答えは出てこなかった。小さな王子はその星を後にした。

彼は旅を続けながら、こうつぶやいた。

「大人って、本当に、まったくもって、変てこだなあ」

XIV

五番目の星は、とても気になる星だった。どの星よりも小さくて、一本のガス灯が立ち、点灯人が一人いるだけで、もう星じゅうがいっぱいだった。この空にぽつんと浮かんでいる、家もなければ住む人もいないこんな小さな星に、何のためにガス灯があって、点灯人がいるのか。小さな王子はいくら考えても分からなかった。

あの人のしてることもなんだか変だな、と彼は思った。でも、王さまや、うぬぼれ屋や、実業家や、飲んだくれほどは変てこじゃない。だって、あの人の仕事には、なにかの意味があるもの。あの人がガス灯に火を点《とも》すと、星が一つ新しく生まれたり、花が一つ咲いたりするみたいに、あたりがぐっと華やかになる。あの人がガス灯を消すと、花も星も眠りにつく。あれは、世の中を美しくする仕事だ。ということは、本当に役に立つ仕事、ということだ。

小さな王子は星に降り立つと、点灯人に丁寧にお辞儀をした。

「おはようございます」と王子が言った。

「やあ、こんにちは」と点灯人が言った。

「どうして、今、ガス灯を消したんですか？」

「規則だからさ」

「規則って、どんな？」

「ガス灯を消せって規則。や、こんばんは」

点灯人はそう言うと、ガス灯に火を入れた。

「でも、また灯を点《つ》けたでしょう？」

「やっぱり規則だ」

「分からないなあ」

「わたしの仕事は、おっそろしい仕事だよ」

「分かるも、分からないも、あるもんか。規則は、規則。や、おはよう」

彼はまたガス灯を消した。

それから、赤いチェックのハンカチで額を拭った。

「わたしの仕事は、おっそろしい仕事だよ。昔は、たしかに、理屈に合っていた。朝になるとガス灯を消し、夜になると点《つ》ける。昼のあいだは、からだを休められたし、夜は寝られた……」

「じゃあ、その後で、規則が変わったんですか？」

「規則は変わらない。だから、困るの、なんの、もうめちゃくちゃさ。星のやつは、毎年、毎年、回り方が速くなる。なのに、規則のやつは変わらない」

「それで……？」

「それで、今じゃ、この星は一分間に一回まわる。わたしは、一分間に一回、ガス灯を点けて、消す。もう、一秒だって休めない」

「そんな……。一分間が一日だなんて」

「そんなも、こんなも、あるもんか。あんたとは、もう、ひと月もしゃべっているんだぜ」

「ひと月？」

「ああ。三十分。だから三十日。や、おはよう」

彼はそう言って、またガス灯の火を消した。

王子は、点灯人のすることをじっと見ていた。こんなにも規則に忠実な点灯人が、彼は好きになっていた。彼は、椅子を少しずつ動かして一日に何回も日が沈むのを眺めたことを思い出し、この人を楽にしてあげられたら、と思った。

「あのね……。おじさんが休みたいときに休める方法を、ぼく、知ってるけど……」

「そりゃあ、わたしだって」と点灯人が言った。「すぐにも休みたい」

どんなに仕事熱心な人でも、やはり、怠け心はあるらしい。

小さな王子が言った。

「おじさんの星はすごく小さいから、大またで三歩も歩けば、ひと回りできるでしょ。だったら、ゆっくり歩いていれば、いつまでも昼間でいられる。おじさんが休みたくなったら、歩けばいい。そうしたら、好きなだけ昼間が続く……」

「でも、そいつは、わたしのお望みじゃないな。わたしのお望みは、天にも、地にも、ぐっすり眠ることさ」

「そうか。やっぱりだめか」

「ああ。やっぱりだめだ。や、おはよう」

彼はそう言うと、またガス灯を消した。

小さな王子はさらに旅を続けながら、こうつぶやいた。

「あの人はきっと、世の中の人みんなから軽く見られているんだろうな。王さまからも、うぬぼれ屋からも、飲んだくれからも、実業家からも。でも、ぼくには、あの人の方がずっとまともに見える。それは、あの人が、自分以外のことに一生懸命だからなんだろう」

彼は、くやしそうに溜め息をつくと、また独り言を続けた。

「あの人とは友だちになりたかったなあ。だけど、あの星は、本当に、とっても小さいから、二人分の場所はないだろうな……」

小さな王子は、自分でも気がついていなかったけれど、二十四時間に千四百四十回も日が沈むその星を、心のどこかで惜しんでいたのだった。

XV

六番目の星はずっと大きく、前の星の十倍もあった。この星には、途方もなく大きな本を何冊も書いたことのある、品のいい老人が住んでいた。

老人は小さな王子を見るなり、声をかけてきた。

「ほほう、よく来た。きみは探検家だね」

王子は、老人と向き合って机の前に腰を下ろすと、ひと息ついた。彼は長い旅をしてきたところだった。

「きみはどこから来たのかね？」と老人が言った。

「すごく大きな本ですね」と王子が言った。「おじいさんは、ここで、どんな仕事をしてるんですか？」

「わしは、地理学者だ」

「ちり、学者、って……？」

「海や、川や、町や、山や、砂漠や、そういうものがどこにあるかを知っている学者のことだ」

「それって、すごく面白そう……。そういうのが、本当の仕事なんですね」

王子はそう言って、自分の周りのこの地理学者の星を、ぐるっと眺めまわした。こんなに大きくて立派な星を見るのは、彼は初めてだった。

「おじいさんの星は、ほんとに立派ですね。海はありますか？」

「知らんなあ、わしは」

「そんな……」

王子はがっかりした。

「じゃあ、山は？」

「知らんなあ、わしは」

「じゃあ、町や、川や、砂漠は？」

「やっぱり知らんな、わしは」

「だって、おじいさんは地理学者でしょ？」

「もちろん。だが、わしは探検家ではない。この星には、探検家は一人もおらんのだ。町や、川や、山や、海や、砂漠や、そういうものの数を数えに行くのは、地理学者じゃない。地理学者には、外をぶらつくよりも、もっともっと重要な仕事がある。地理学者はいつも書斎に籠もって、そこで探検家に会う。探検家を問いただして、連中が知っていると言うことを書き留める。話が興味をそそるものだったら、その探検家が確かな人物かどうか、人柄を調査する」

「どうしてですか？」

「その探検家が嘘つきだったら、地理学の本に、とんでもない嘘が載ることになるだろうが。それと、酒をたくさん飲む探検家もいかん」

「どうして……？」

「酔っぱらうと、ものが二重に見えるからな。そうなると、地理学者は、本当は一つしかない山を、二つあるように書くことになる」

「ぼく、そういう悪い探検家になりそうな人、知ってますよ」

「よくいるんだよな、そういう連中が。そこでだ、その探検家が確かな人物と分かったら、その人が見つけたというものを調査する」

「見に行くんですか？」

「いいや。行くのは面倒だからねえ。その代わり、探検家に証拠を出させる。たとえば、大きな山を見つけたというのなら、大きな石を持って来させる……」

地理学者は言葉を切ると、急に思い出したように、身を乗り出した。

「ところで、きみ。きみは遠くから来たのだったな。それなら立派な探検家だ。きみの星のことを話してくれたまえ」

地理学者は記録台帳を開いて、鉛筆を削った。彼は探検家の話をまず鉛筆で筆記する。そのあと、探検家が証拠を出したら、インクで書きなおす。

「さ、話したまえ」

「はい。ぼくんとこは、そんなに面白い星じゃありません、とても小さくて。ええっと、火山が三つあります。活火山が二つ、休火山が一つです。でも、いつ噴火するか分かりません」

「ふむ。いつ噴火するか、分からない、と……」

「それから、花が一本あります」

「花のことは書かんでよろしい」

「なぜですか？　すごく綺麗なんですよ」

「花というものはな、短命だからだ」

「たんめい、って、どういう意味ですか？」

「地理学というものはな、あらゆる学問の中で、もっとも価値のある学問だ。けっして流行遅れになることはない。山の位置が変わることは滅多にない。海の水が干上がることも滅多にない。地理学者は、永久に変わらないことだけを選んで、書く」

「でも、休火山だって生き返ることがあるでしょう。たんめい、って、どういう意味ですか？」

「火山というものはな、活動していようが、いまいが、わしらには同じだ。地理学者にとっては、それは、つまり、山だ。山は変わることがない」

「でも、た、ん、め、い、って、どういう意味ですか？」

彼はまた同じことを聞いた。いったん質問を始めると、けっして後に引かないのだ。

「短命、というのはな、ごく近い時期に消えてなくなる、という意味だ」

「ぼくの花も、消えて、なくなるんですか？」

「もちろん」

ぼくの花も消えてなくなるのか、と王子は思った。あの花は、世の中から身を守るのに、たった四本の棘しか持っていない。それなのに、ぼくは彼女を一人きりで残して来てしまった……。

彼は自分のしたことを初めて後悔した。それでも、気を取りなおして、尋ねてみた。

「おじいさん。ぼく、今度はどの星に行ったらいいでしょう？」

「地球という星がいい。評判のいい星だ……」

こうして、小さな王子は地理学者の星を後にした。あの花のことを心に思い浮かべながら。

XVI

七番目の星は、だから、地球だった。

地球という星は、どこにでもある星ではない。この星には、百十一人の王さま（もちろん黒人の王さまもいる。そのことを忘れないでほしい）と、七千人の地理学者と、九十万人の実業家と、七百五十万人の飲んだくれと、三億千百万人のうぬぼれ屋がいる。つまり、約二十億人の大人が住んでいる、ということだ。

電灯が発明される前には、ガス灯に火を入れるために、六つの大陸全体で、四十六万二千五百十一人という点灯人の大軍が働いていた。こんなふうに言えば、きみたちが地球という星の大きさを実感する、いくらかは助けになるだろうか。

少し離れたところから眺めると、それは、素晴らしい眺めだった。点灯人の群れの動きは、オペラの中のバレーの場面を見ているようだ。最初は、ニュージーランドとオーストラリアの点灯人たちが登場する。彼らはガス灯に火を入れ、それから眠りにつく。つぎは、中国とシベリアの点灯人たちが踊る番だ。彼らもやがて舞台裏に消えてゆく。つぎは、ロシアとインドの点灯人たちの出番だ。つぎが、アフリカとヨーロッパ。それから、南アメリカ。そして、北アメリカ。彼らが舞台に出る順序を間違えることは、絶対にない。それは壮麗な眺めだ。

ただ、北極に一本だけ立っているガス灯の点灯人と、反対側の、南極に一本だけ立っているガス灯の点灯人は、何もしないで、のんびり暮らしていた。彼らは、一年に二回だけ働けばいいのだ。

XVII

才気をひけらかそうとすると、いくらか嘘の混じった話をしてしまうものらしい。さっきの点灯人のことも、わたしは話を作り過ぎたようだ。わたしたちの星を知らない人たちには間違った印象を与えたのではないか、と心配している。この地球の上で人間が占めている場所は、ほんの僅かにすぎない。地球に住む二十億の人間が、集会のときのようにぎっしり立って並んだら、二十マイル四方の広場にらくに入ってしまう。詰め込めば、太平洋のいちばん小さい島にだって、収まるだろう。

もっとも、きみたちがそう言っても、大人たちはもちろん信じない。彼らは、自分たちには場所がたくさん必要だ、と思い込んでいる。自分たちのことをバオバブみたいな大物だと思っているのだ。きみたちは、だから大人たちに、計算をしてみるよう

に言ってやるといい。彼らは数字が大好きだから、きっと喜ぶだろう。でも、きみたちは、そんな罰宿題みたいなことに時間を使っちゃいけないよ。何の役にも立たないからね。まあ、わたしの言うことを信じてほしい。

さて、地球に降り立った小さな王子は、人間の姿がまるで見えないことに驚いた。降りる星を間違えたのか、と心配していると、そのとき、砂の中で、月の色をした輪が動いた。

彼は思い切って声を掛けてみた。

「こんばんは」

「いい晩だねえ」

答えたのは、月の色をしたヘビだった。

「ぼく、今、来たばっかりなんだけど……」と小さな王子が言った。「ここは、なんていう星？」

「地球だよ」とヘビが言った。「ここは、アフリカ」

「ふうん……。地球には、人間はいないの？」

「ここは、砂漠。砂漠には、人間はいない。地球は大きいんだぜ」

小さな王子は、石の上に腰を下ろして、空を見上げた。

「星が光ってるのはね、誰でもいつかは自分の星に帰れるように、っていうことなのかなあ。ね、見て。あれがぼくの星。ほら、頭のてっぺんにある……。だけど、本当に遠いんだなあ……」

「綺麗な星だねえ。でも、あんたはなぜ、ここに来ることになったんだ？」

「ぼくんとこの花と、うまくいかなくて……」

「ふうぅん」

二人はしばらく黙っていた。

「どこに行ったら人間がいるの？　砂漠はなんだか寂しくて……」

「きみって、変わった格好をしているね。
指みたいに細くて……」

「人間がいるところに行ったって、やっぱり寂しいさ」

小さな王子は長いあいだヘビを見ていた。

「きみって、変わった格好をしているね。指みたいに細くて……」

「でも、王さまの指よりか、もっと力があるんだぜ」

王子は頬を緩めた。

「そんなに力があるようには見えないけどなあ……。足だってないし……。旅にだって行けないだろう……」

「おれはね、どんな船も行けない遠いところに、あんたを連れて行けるんだぜ」

ヘビはそう言うと、王子の足首に金のブレスレットのように巻きついた。

「おれが触れればね、誰だって、自分が出てきた土に戻ってしまう。まあ、あんたは純真だし、よその星から来たんだから……」

王子は黙ったままだった。

「あんたは弱そうだし、こんな砂と岩だらけの地球で暮らすなんて、なんだか気の毒みたいだねえ。いつか、自分の星が懐かしくなったら、そのときは助けてやるよ。いつでも……」

「うん。分かった」と小さな王子が言った。「それにしても、きみは、謎みたいなことばかり言うね」

「その謎は、おれが全部解いてやるよ」とヘビが言った。

二人はまた黙り込んだ。

XVIII

小さな王子は砂漠をどこまでも歩いて行った。途中で会ったのは一本の花――花びらが三枚の、どこにでもあるような花、だけだった。

「こんにちは」と王子が言った。

「こんにちは」と花が言った。

「あのう、人間は……」と王子が言った。「どこに行ったら、人間がいるんでしょうか？」

「人間ですか？」と花が言った。彼女はだいぶ前に、キャラバンが通るのを見かけたことがあった。

「人間なら、六人か七人、いると思いますけどねえ。何年も前に見たことがありますよ。でもねえ、見つけるのは、むつかしいんじゃないかしら。風が吹くままに、あっちに行ったり、こっちに行ったり。根がないなんて、さぞ不自由でしょうにねえ」

「どうもありがとう」と王子が言った。「さようなら」

「さようなら」と花が言った。

XIX

小さな王子は高い山に登った。彼がそれまでに知っていた山といえば、自分の膝くらいの高さしかない三つの火山だけだった。そのうちの一つ、休火山は、彼はいつも腰掛けがわりに使っていた。

こんなに高い山に登れば、と彼は思った。星じゅう全部がひと目で見渡せるだろう。この星に住んでる人も、みんな……。

でも、彼の目に見えたのは、鋭く尖った岩の穂先ばかりだった。

小さな王子は、当てもないまま、声を掛けてみた。

「こんにちは」

「こんにちは……こんにちは……こんにちは……」

なんて変てこな星なんだ、と王子は思った。
どこもかしこも、からからに乾いていて、
やたらに尖っていて、すっごく荒あらしい。

答えたのは山びこだった。

「きみはだあれ?」

「きみはだあれ……きみはだあれ……きみはだあれ……」

「友だちになってくれない? ぼく、独りぼっちなんだ」

「ひとりぼっち……ひとりぼっち……ひとりぼっち……」

なんて変てこな星なんだ、と小さな王子は思った。どこもかしこも、からからに乾いていて、やたらに尖っていて、すっごく荒あらしい。それに、この星の人間ときたら、ものを考えることがまるで出来ないみたい。こっちの言うことを、ただもう繰り返すだけ……。ぼくの星には、あの花がいた。彼女は、いつも、自分の方から話しかけてきた……。

XX

それでも、砂漠や、岩山や、雪の広野を越えて長いこと歩くうちに、小さな王子はとうとう一本の道を見つけた。道というものはみな、人間が住んでいるところに通じている。

「こんにちは」と王子が言った。

そこは、バラの花が咲き乱れる庭園だった。

「こんにちは」と花たちが言った。

彼はぼう然として、花たちに目を凝らした。どの花も、どの花も、どの花も、みな、彼が星に残してきたあの花にそっくりだった。

「きみたちは、いったい、だれ……？　なんていう花……？」

「あたしたちは、バラの花」

「ああ……」

王子はどうにもやり切れなかった。あの花は、自分は宇宙に一本しかない花で、自分に似ている花はどこにもない、と言っていた。それなのに、ここには、彼女とそっくりな花が、この庭だけでも五千本は咲いている。

彼女がこれを見たらものすごく傷つくだろうな、と彼は思った。笑いものにされるのが嫌なばっかりに、やたらに咳をして、今にも死にそうな振りをしてみせるだろう。ぼくは介抱する振りをしなくちゃならない。そうしてやらないと、彼女はぼくを困らせようとして、本当に死んでしまうかもしれない……。

小さな王子は、自分に言い聞かせるように、つぶやいた。

「ぼくは、宇宙に一本しかない花だと信じきって、得意になっていたけど、ぼくが所有してたのは、どこにでもある普通のバラだった。あの三つの火山だって、ぼくの膝までしかない、ちっぽけな山ばかり。しかも一つは、いつまで待ってても、火を噴きそうもない。こんなことじゃ、ぼくは、いっぱしの王子になんて、なれっこない……」

彼は草の上に突っ伏して、泣き出した。

小さな王子は草の上に突っ伏して、泣き出した。

XXI

そこにキツネがやって来た。

「こ、ん、ち、は」とキツネが言った。

「こんにちは」

小さな王子は丁寧に返事をし、あたりを見回したが、誰も見当たらなかった。

「おれ、ここ」と声が言った。「リンゴの木の下……」

「きみ、だあれ？」と王子が言った。「きみの毛並み、すごく、すてきだね」

「おれ、キツネ」とキツネが言った。

「こっちに来て、一緒に遊ぼうよ。ぼく、すごく悲しいんだ……」

「おれ、あんたとは遊べないんだよ。飼い馴らされてないもん、な」

「そうか。ごめん……」

小さな王子はそう言い、でも、少し考えてから聞き返した。

「かいならす、って、どういう意味？」

「あんた、この土地のもんじゃないね。何を探してんだ？」

「人間を探しているんだよ。ね、かいならす、って、どういう意味？」

「人間か。あいつらは鉄砲を持っていて、狩りをする。まったくもって、しょうもない奴らだよ。それから、ニワトリを飼っている。奴らのやることで、ちったぁましなのは、それだけだな。あんた、ニワトリが欲しいのか？」

「ちがう。欲しいのは、友だち。ね。かいならす、って、どういう意味？」

「みんなが忘れちまってることだけどねえ。心を通わせる、って意味さ」

「心を、通わせる……？」

「そう。心を通わせる。あんたは今のところ、おれにとっちゃ、何万人といる、どれもこれもそっくりな男の子の一人さ。おれには、あんたは必要じゃない。あんたも同じで、今のところ、おれが必要じゃない。あんたにとっちゃ、おれは、何万匹といる、どれもこれもそっくりなキツネの一匹だからな。でも、あんたがおれを飼い馴らすと、おれたちはお互いに必要になる。あんたはおれにとって、世界でただ一人の男の子になる。おれもあんたにとって、世界でただ一匹の……」

「うん。きみの言うこと、少し分かりかけてきた。花が一本あってね……、あの花はきっと、ぼくをかいならしていたんだ……」

「ありそうな話だな。この地球じゃ、どんなことだって起こるから……」

「地球の話じゃないよ」

キツネは、急に身を乗り出した。

「ほかの星か？」

「うん」

「狩りをする奴、いる？　その星に」

「いないよ」

「そうか。そいつぁ豪儀だ。で、ニワトリは？」

「いない」

「やっぱしな……。何から何までうまくは、いかねえもんだな」

キツネは溜め息をつき、でも、話をもとに戻した。

「おれの暮らしは毎日が同じことの繰り返し。おれはニワトリを追っかけ、人間はおれを追っかける。ニワトリがどれもこれもそっくりなら、人間の奴らも、どれもこれもそっくりだ。だから、おれはもう、うんざりなんだよ。だが、あんたがおれを飼い馴らしてくれたら、おれの暮らしにも、きっと日が射す。おれは、ほかの足音とは

違う足音が、聞き分けられるようになる。ほかの足音のときは、おれは地面の下にすっこんでる。あんたの足音は、まるで音楽みたいに、おれを穴から誘い出す。あの麦畑を見てごらん。おれは、パンは食べないから、麦なんかお呼びじゃない。麦畑を見たって、なんにも感じない。それどころか、憂うつになってくる。でも、あんたの髪は金色だ。あんたがおれを飼い馴らしてくれたら、麦畑は素晴らしいものになる。金色の麦を見ただけで、おれはあんたを思い出す。麦畑に吹く風の音だって、おれは、きっと、好きになる……」

キツネは長いあいだ、黙って、王子を見つめていた。

「できたら、あんた……、おれを飼い馴らしちゃくれないか」

「ぼくもそうしたいけど、でも、ぼく、あんまり時間がないんだよ。友だちを見つけなくちゃならないし、知らなくちゃならないことも、たくさんあるし……」

「飼い馴らしたものじゃなくちゃ、本当のことは分からないよ。人間の奴らには、なにかを本当に知る時間がない。奴らは何でもかんでも、店に行って出来合いを買おうとする。でも、友だちを売ってる店なんかないから、人間はもう友だちを持つことが出来ない。あんたは友だちが欲しいんだろ。だったら、おれを飼い馴らしなよ」

「どうすればいい？」

「大事なのは、辛抱づよく、焦らないこと。最初は、あんたはおれから少し離れて、草の上に座る。そう。今みたいに。おれは目の端っこであんたを見る。あんたは、なにもしゃべらない。言葉なんてものは、誤解のもとだからな。それから、毎日、毎日、少しずつ、近くに座るようになる……」

つぎの日、王子は同じ場所に行った。

「同じ時間に来てくれる方がよかったんだけどな」とキツネが言った。「あんたが、たとえば午後の四時に来ると決まってれば、おれは三時ごろから、そわそわし始める。時間が経つにつれて、どんどん嬉しくなる。四時にはもう、飛んだり跳ねたりだ。幸

「あんたが、たとえば午後の四時に来ると決まってれば、
おれは三時ごろから、そわそわし始める」

福ってのがどんなことなのか、身にしみて分かってくる。でも、あんたの来る時間が決まっていないと、おれは何時に、あんたを待つ気持ちになればいいのか……。慣習ってもんが大事なんだよ」

「かんしゅう……？」

「これも、みんなが忘れちまってることだけどね。何かのために、ある一日がほかの日と違う特別な日になる、ある時間が特別な時間になる、そういうもののことさ。たとえば、おれを鉄砲で追っかけまわす奴らにも、慣習がある。奴らは水曜日には村の娘っ子とダンスをする。だから、水曜日は素晴らしい日だ。おれさまも大手を振って、ブドウ畑に散歩に行ける。奴らのダンスの日が決まってないと、どの日もこの日も同じになる。おれには休みってものがなくなってしまう」

こんなふうにして、小さな王子はキツネを飼い馴らし、心を通わせ合うようになった。だが、やがて、王子の出発のときが近づいた。

「ああ」とキツネが言った。「おれ、泣けてきちゃう」

「でも、ぼくのせいじゃないよ。ぼくは、きみを苦しめるつもりなんか、これっぽちもなかったんだ。でも、きみが、かいならしてくれって言うもんだから……」

「ああ。おれ、言ったよ」

「でも、きみは、やっぱり泣くんだよね」

「ああ。泣くだろうな」

「じゃあ、いいことなんか、なんにもなかったじゃないか」

「いいことはあったよ。麦畑の色だけでも、ね」

キツネはちょっと口をつぐんでから、また言った。

「あんたは、もう一度バラに会いに行くといい。あんたのバラが世の中にただ一本しかない花だってことが、よく分かるから。それから、さよならを言いに、ここに戻って来る。そうしたら、おれ、あんたに、秘密の贈り物をやるよ」

小さな王子はまたバラたちに会いに行った。

「きみたちはぼくのバラとそっくりだけど、でも、ぜんぜん似ていない」と彼は言った。「きみたちは、ただそこに咲いているだけ。誰もきみたちをかいならさなかったし、きみたちも誰かをかいならさなかった。ぼくが初めて会ったときの、キツネとおんなじだ。あのキツネは、あのときはまだ、何万匹もいるキツネのなかの一匹だった。でも、ぼくはあのキツネと友だちになった。今じゃ、世界でただ一匹のキツネだ」

花たちはひどく戸惑った様子だった。

「きみたちは美しい。でも、それだけだ」と彼はまた言った。「きみたちのために死のうとは、誰も思わない。ぼくのバラだって、通りすがりの人から見れば、きみたちとおんなじ、ただのバラだよ。でも、ぼくにとっちゃ、あのバラ一本の方が、きみたち全部を合わせたよりも、もっと大事なんだ。だって、ぼくが水をやったのは、あのバラだからね。ぼくはガラスの覆いをかぶせてやったし、風除《かざよ》けも立ててやった。葉っぱにたかる毛虫も取ってやった。チョウチョウにするために、二、三匹は残しといたけど。彼女の愚痴や自慢話も、ちゃんと聞いてやった。彼女が黙り込んでしまうと、それはそれで、居ても立ってもいられないほど心配だった。だから、彼女は、ぼくのバラなんだ」

小さな王子はキツネのところに戻って来た。

「さようなら」と王子が言った。

「さようなら」とキツネが言った。「秘密の贈り物っていうのはね、なあに、とても簡単なことだけど……。心で見なけりゃ、なんにも見えない。ほんとのことは、目にゃ見えない」

王子はこの言葉を忘れないよう、口に出して、ゆっくり繰り返した。

「心で見なければ、なんにも見えない。本当のことは、目には見えない……」

「あんたはあんたのバラのために」とキツネが言った。「あんなにたくさん時間をかけたから、あんたのバラはあんたにとって、とっても大事なものになった」

王子は忘れないように、繰り返した。

「ぼくはぼくのバラのために、あんなに沢山の時間をかけたから、あのバラはぼくにとって、とても大事なものになった……」

「人間の奴らはこの真理を忘れてる」とキツネが言った。「だけど、あんたは忘れちゃいけないぜ。あんたはあんたが飼い馴らしたものに対して、いつまでも責任がある。あんたはあんたのバラに対して、いつまでも責任がある」

王子はまた繰り返した。

「ぼくはぼくのバラに対して、いつまでも責任がある……」

XXII

「こんばんは」と小さな王子が言った。

「ああ。こんばんは」と転轍手が言った。

「おじさんは、ここで、どんな仕事をしているんですか？」

「わたしはね、旅のお客をより分けている。お客は千人ずつ、繋がった箱に荷物のように詰め込まれて、機関車に引っ張られてやって来る。わたしはここにいて、その繋がった箱を、ときには右に、ときには左に送り出す」

そのとき、光のまばゆい特急列車が、雷のような音をとどろかせながら、転轍小屋を揺らして通り過ぎた。

「みんな、すごく急いでますね。何を探しているんですか？」

「さあてね。そんなことは、機関車を運転してる人だって知らないね」

そのとき、雷のような音が反対の方から近づいてきて、つぎの特急列車が、まばゆい光をまき散らして通り過ぎた。

「さっきの人たち、もう帰って来たんですか？」

「乗っているのは別の人。列車がすれ違ったのさ」

「みんな、自分の住んでるとこが、嫌になったのかなあ」

「自分の住んでいるところが好きなやつなんか、いるもんか」

そのとき、雷のような音がまた近づいて、光のまばゆい特急列車がまた通り過ぎた。

「あの人たちは、さっきのお客を追いかけてるんですか？」

「何も追いかけちゃいないさ。列車の中じゃ、みんな寝てるか、あくびをしているか。子どもだけが、顔を窓に押しつけて、鼻をぺしゃんこにしてる」

「子どもだけが知ってるんですね」と小さな王子が言った。「自分が何を探しているのかを。子どもは一つの人形のために、うぅんと時間をかける。だから、ぼろきれの人形でも、本当に大事なものになる。取り上げられたら、泣き出してしまう……」

「子どもってのは、幸せなものさ」と転輸手が言った。

XXIII

「こんにちは」と小さな王子が言った。

「やあ、いらっしゃい」と行商人が言った。「薬のご用かね」

この行商人は、のどの渇きを止める丸薬を売っていた。一粒飲んでおくと一週間水を飲まずにすむ、という。

「そういう薬が、なぜ売れるんですか？」

「それはな、時間が、大いに節約になるからだ。どのくらい節約になるか、ある偉い学者が計算した。それによるとだな、一週間に、五十三分の節約になる」

「その五十三分で、何をするんですか？」

「それは、まあ、人さまざまだな。その人の、したいことをする……」

小さな王子は、自分に向かって、こうつぶやいた。

「ぼくだったら、その五十三分を使って、泉のあるところまで、ゆっくり、ゆっくり、歩いて行くだろうなあ……」

XXIV

飛行機が砂漠に不時着してから、一週間が経っていた。わたしは薬売りの話を聞きながら、残っていた水の、最後の一滴を飲み干した。

「あのねえ」とわたしは言った。「きみの体験談はとても面白いけど、でもね、飛行機の修理はまだ終わらないのに、水はもう、ぜんぜん残っていないんだ。わたしだって、泉のあるところまで、ゆっくりゆっくり歩いて行きたいもんだよ」

「ぼくの友だちのキツネは、ね、……」と小さな王子が言った。

「その話は、あと。今はキツネどころじゃないんだ」

「どうして?」

「のどが渇いて、渇いて、もう死にそうなんだよ」

彼はわたしの言うことが理解できないらしく、こう答えた。

「もうすぐ死ぬとしても、友だちがいたっていうのは、素晴らしいことだよ。ぼくはキツネと友だちになれて、本当によかった……」

この子には分からないんだな、とわたしは思った。すぐ目の前に迫っている、この危険の大きさが。この子は、飢えも、渇きも、感じることがない。日の光がほんの少しあれば、それで十分なのだ……。

彼はわたしをじっと見つめ、それから、まるでわたしが思っていることが聞こえたように、言った。

「ぼくも水が欲しい……、井戸を探しに行こう……」

わたしは溜め息をつき、やれやれ、という仕草をした。この果てしない砂漠のなかを、当てもなしに井戸を探しに行くなんて、どう見ても正気の沙汰じゃない……。

そう思いながら、わたしたちはそれでも、歩き始めた。

黙ったまま何時間も歩くうちに、夜になった。星が光り始めた。渇きのために熱が少し出てきたのか、星たちの光が、まるで夢の中のように見えた。わたしの記憶の中で、小さな王子の言葉が踊っていた。――

「きみもやっぱり、のどが渇いてるの……？」

彼はわたしが聞いたことには答えず、ぽつんと言った。

「水はね、きっと、心にもいいんだよ……」

わたしは彼の言うことが理解できなかったが、聞き返さなかった。この上なにか聞いても無駄なことが、よく分かっていた。

彼は疲れていた。そこに座り込んだ。わたしもそばに腰を下ろした。彼はしばらく黙っていたが、やがて、言った。

「星が美しいのはね、ここからは見えない花が咲いているから……」

「うん。そうだね」

わたしはそう言って、砂漠を見渡した。砂漠は月の光を浴び、波を打って広がっていた。

「砂漠が美しいのは……」と王子が言った。

そう。きみの言うとおり、砂漠は美しい。わたしはずっと以前から、砂漠が好きだった。誰かが砂丘のひとつに腰を下ろす。なにも見えない。なにも聞こえない。それなのに、何かが、ひっそり光っている……。

「砂漠が美しいのはね……」と王子が言った。「砂漠が、どこかに、井戸を隠しているから……」

驚いたことに、わたしは砂漠のこの不思議な光の意味が、立ちどころに理解できた。わたしは小さな男の子だったころ、古い館《やかた》に住んでいたが、その館には、家のどこかに宝物が隠されている、という言い伝えがあった。宝物を見つけた人はもちろんいなかったし、探そうとした人も多分いなかったと思う。でも、その宝物は家全体を魔法にかけていた。わたしの家は、その心の奥に、一つの秘密を――「目には見えないもの」を、隠していた……。

「そうなんだね」とわたしは王子に言った。「家でも、星でも、砂漠でも、それを美しくしているのは、目には見えないものなんだね」

「きみの考えは、ぼくのキツネとおんなじだね」と彼が言った。「ぼく、とっても、嬉しい……」

小さな王子が眠り込んでしまったので、わたしは彼を両腕に抱き、また歩き出した。わたしは胸がいっぱいだった。わたしは毀れやすい宝物を運んでいるような気がした。この地球の上に、これ以上毀れやすいものは、ないのだ。月の光に浮かぶ、彼のあおじろい額と、閉じた目と、風に揺れる髪を見ながら、わたしは思った。今、わたしが見ているのは、彼の外側だけなのだ。いちばん大事なものは、目には見えない……。

彼の唇がかるく開き、かすかな笑顔が浮かんだ。その笑顔を見ながら、わたしは思った。この寝顔がわたしをこんなに感動させるのは、彼が心の中で、いつも一本のバラを思い続けているからなのだ。心の中のバラの姿は、彼が眠っているあいだも、ランプの焔《ほのお》のように輝き続けている……。

わたしの腕の中にあるからだは、ますます脆く、今にも毀れそうだった。ランプの焔はわたしが守らなければならない。ほんの少しの風にも消されてしまうのだから……。

わたしは歩き続け、夜のしらしら明けに、井戸を見つけた。

XXV

小さな王子は言った。

「大人たちはね、ぎゅう詰めになって特急列車に乗り込むけど、自分が何を探しているのか、まるで分かっちゃいないんだ。だから、ただもうやたらに、行ったり、来たり、ぐるぐる回ったり……」

それから、彼はこう言い足した。

「なにも、そんなにまで、しなくたって……」

わたしたちが辿り着いた井戸は、サハラ砂漠でよく見かける、砂に穴を掘っただけの井戸ではなかった。フランスの村にあるような井戸(9)だった。でも、村はどこにも見当たらない。わたしは夢の中にいるような気がした。

彼は嬉しそうに笑って、綱を握り、滑車を回した。

「不思議だね」とわたしは王子に言った。「何から何まで揃ってる。滑車も、桶も、綱も……」

彼は嬉しそうに笑って、綱を握り、滑車を回した。滑車は軋んだ音を立てた。それは、長いあいだ風が絶えていた古い風見が、久しぶりに動き出すときのような音だった。

「ね、聞いて」と王子が言った。「井戸が目を覚まして、歌ってる……」

でも、彼には、水を汲み上げるのが辛《つら》そうだった。

「わたしが汲もう。きみには重すぎる」

わたしはゆっくり綱を手繰り、桶を井戸の縁《へり》まで引き上げた。それから、桶を縁の石にしっかり置いた。わたしの耳には滑車の歌がまだ聞こえていた。桶の水はまだ揺れていた。水に映る日の光も揺れていた。

「ぼくはこの水が欲しかった……」と王子が言った。「飲ませて……」

そうか、こういう水だったんだね、とわたしは思った。きみが探していたのは……。

わたしは桶を持ち上げて、王子の唇に近づけた。彼は目をつむって、飲んだ。そこにあるのは、祝祭の日のやすらぎだった。その水は、のどの渇きをとめるだけの、ただの水ではなかった。二人で星たちの下を歩き、滑車が歌い、わたしの腕が力を出し、そうして生まれた水だった。贈り物のように心をうるおす水だった。わたしが小さな男の子だったころ、クリスマスの日の贈り物は、まぶしく輝いていた。それは、クリスマスツリーの灯と、真夜中のミサの音楽と、みんなの穏やかな笑顔があるからだった。

「きみの星の大人たちは」と小さな王子が言った。「一つの庭にバラを五千本も植えたりする……。なのに、自分の探しているものが見つけられない……」

「そう。見つけられない……」とわたしが言った。

「探しているものは、一本のバラの中にだって、一杯の水の中にだって、見つかるのに……」

「そうなんだよね」

小さな王子はこう言い足した。

「だけど、目で見たって、なんにも見えないんだ。心で探さなくちゃ」

わたしも水を飲んだ。息が楽になった。日の出の砂漠は、蜜の色に染まっていた。わたしもまた、その蜜の色のように幸福だった。わたしはなぜ、思い悩む必要があるのだろう……。

小さな王子がまたそばに来て腰を下ろし、そっと言った。

「こないだの約束、忘れないでね」

「約束……？」

「ほら……、ヒツジの口輪……。ぼくは、あの花を守ってやらなくちゃ……」

わたしはポケットから絵の下書きの束を出した。

彼はそれを見て、笑いながら、言った。

「きみのバオバブ、なんだかキャベツみたい……」

「そんな……」

そのバオバブは、わたしは、ずいぶんうまく描けたつもりだった。

「このキツネも……、ほら、耳が……、なんだか角みたい……。長すぎるんだよ」

そう言って、彼はまた笑った。

「そんな言い方ってないぜ。こっちはボアの外側と中身と、それだけしか描き方を知らないんだから」

「ううん、いいんだよ、これで。子どもにはちゃんと分かるから」

わたしは鉛筆で口輪の絵を描いた。そして、その絵を彼に渡したとき、何かがわたしの胸を強く締めつけた。

「きみは、なにか、わたしが知らないことを、しようとしているね……」

でも、彼はそれには答えず、こう言った。

「あのね……。ぼくが地球に降りて来て……、あしたでちょうど一年……」

そして、しばらく口をつぐんでから、また言った。

「ぼくは、このすぐ近くに降りた……」

彼の顔が赤くなった。

わたしはまたしても、得体の知れない不安に襲われた。あの明け方の、王子との不思議な出会いを、わたしはまざまざと思い出していた。

「それじゃ、あれは偶然じゃなかったんだね？　一週間前の朝、きみと会ったのは。きみは、人間が住んでるところから千マイルも離れた砂漠を、たった一人で歩いていた。あれは、きみが降りた場所に戻るためだったんだね？」

彼の顔がまた赤くなった。

わたしは、ためらいながら言葉を続けた。

「ちょうど一年目だからなんだね？」

彼の顔がまたまた赤くなった。王子はわたしの質問には一つも答えなかったが、顔が赤くなったのは、「うん」という答えにちがいなかった。

「ああ。なんだか怖い」とわたしは言った。「悪いことが起こりそう……」

でも、彼はこう答えただけだった。

「きみはすぐ仕事に掛からなくちゃね。行って、きみの機械をなおさなくちゃ。ぼくはここで待っている。あしたの夕方は帰って来て……」

そう言われても、わたしの不安は消えなかった。わたしはキツネのことを考えていた。飼い馴らされると、誰かと心を通わせると、泣けてくることがある……。

XXVI

井戸のそばには、古い、崩れた石の壁があった。つぎの日の夕方、わたしが飛行機の修理から帰って来ると、その壁のてっぺんに小さな王子が腰掛けているのが、遠くから見えた。彼は脚をぶらつかせながら、誰かと話をしているらしかった。

「それじゃ、きみは覚えてないのかい？ ここじゃない、もう少し先だよ」

きっとほかの声がそれに答えたのだろう、小さな王子が言った。

「そう。そう。確かにきょうだよ。でも、場所はここじゃない」

わたしは壁の方に歩き続けた。誰の姿も見えないし、声も聞こえない。でも、王子はまた言った。

「……そう。そうなんだよ。砂の上を見て行けば、ぼくの足跡がどこで始まっているか、分かるはずだよ。そこで待っててくれればいい。今晩、行くから」

わたしは壁から二十メートルのところにいたが、やはり、何も見えなかった。

しばらく沈黙が続いて、また、王子が言った。

「きみはいい毒を持っているんだよ、ね。ぼくは、長いあいだ苦しまなくてもいいんだよ、ね」

わたしは胸騒ぎがして、立ち止まった。だが、何が起ころうとしているのか、見当もつかなかった。

「さ、あっちに行って……。降りるから」

わたしは壁の下の方に目をやり、思わず跳び上がった。そこには黄色いヘビが一匹、彼を目がけて、首をまっすぐに長く伸ばしていた。それは、三十秒で人を殺すという、大変な猛毒をもつヘビだった。わたしは、ピストルを出そうとポケットを探りながら、駆け寄った。だが、わたしの足音のせいか、ヘビは、噴水の水が止まるときのように

「さ、あっちに行って……。降りるから」

すうっと首を引いて、ゆっくり砂に滑り込み、それから、そんなに急ぐふうでもなく、金属をこすり合わせるような音を立てながら、石のあいだをすり抜けて滑っていった。

壁の下に駆けつけたわたしは、ちょうど降りてきた王子を抱き止めた。彼は雪のように白い顔をしていた。

「どういうことなんだ、いったい。今、ヘビと話してたろう」

わたしは、彼がいつも首に巻いている金色のマフラーをほどいてやった。こめかみを湿してやり、水を飲ませてやった。彼を問い詰めることは、わたしにはもう出来なかった。彼は訴えかけるような目をわたしに向け、両腕をわたしの首に絡ませた。彼の心臓の鼓動がわたしの胸に伝わってきた。それは、まるで、銃で撃たれて死にかけている小鳥の心臓のように打っていた。

「よかったね」と王子が言った。「きみの機械の、悪いところが見つかって。これで、きみは、きみんとこに帰れる……」

「どうして、きみ、それを知ってる……？」

飛行機の修理は、思ったよりもずっとうまくいった。わたしはそのことを話そうと思いながら、帰ってきたのだ。

彼はわたしが聞いたことには答えず、

「ぼくも、きょう、帰るんだよ。ぼくんとこに……」

こう言い、それから、憂うつそうにつけ足した。

「きみんとこよりか、ずうっと遠いんだ……。帰るのは、ずっと、ずっと、大変なんだ……」

なにか、途方もないことが起ころうとしている。わたしはそれを、ひしひしと感じた。わたしは、幼い子どもを抱くように、彼を抱きしめた。でも、わたしがどんなに抱きしめていても、わたしが必死で引き止めようとしても、彼は今にも、どこか底の知れない深みに、まっしぐらに落ちていきそうだった。

彼はすがりつくような目を、はるか遠いところにさまよわせていた。

「ぼくは、きみにもらったヒツジを持っている。ヒツジを入れる小屋も持っている。口輪も持っている……」

彼はそれだけ言うと、辛《つら》そうに笑った。

わたしは長いあいだ待った。小さな王子のからだに、温もりが、少しずつ戻ってきた。

「きみは……、怖かったんだね……」

彼は怖かったのだ。そうにちがいない。でも、彼はかすかに笑っただけだった。

「ぼくは、こんばん、もっと怖い思いをする……」

わたしはまたしても、からだじゅうが凍りつくのを感じた。取り返しのつかないことは、やはり、起ころうとしているのだ。王子のあの笑い声がもう二度と聞けないなんて、そんなことは、とても耐えられなかった。あの声は、わたしにとって、砂漠に湧き出た泉なのだ。

「ねえ、きみ。わたしはこれからも、きみの笑う声が聞きたい……」

でも、彼はそれには答えなかった。

「今晩でちょうど一年になる。ぼくの星が、去年ぼくが降りた場所の、ちょうど真上に来る……」

「ねえ。これはみんな悪い夢なんだよ。ね。そうだろう。ヘビだの、会う約束だの、星だの、そんな話はみんな悪い夢……」

彼はそれにも答えず、こう言った。

「大事なものは、目には見えない……」

「うん、そうだね……」

「あの花がそうだよ。きみが、どこかの星に咲いている一本の花を愛していたら、夜、空を眺めるだけで心がやすらぐ。どの星にも、みんな、花が咲いている」

「うん、そうだね……」

「あの水もそうだよ。きみが滑車と綱を動かして汲んでくれた水は、まるで音楽みたいにぼくの心をうるおしてくれた。きみも覚えてるよね……、いいぃ水だった」

「うん、そうだった……」

「夜になったら、きみは空を見上げる。ぼくの星はとても小さいから、どこにあるか教えてあげられないけど、でも、その方がいいんだよ。ぼくの星が、あのたくさんの星の一つだと思えば、きみは、どの星を見るのも好きになる……。どの星もみんな、きみの友だちになる。そうなったら、ぼくは、きみに、贈り物があげられる……」

小さな王子はそう言って、嬉しそうに笑った。

「ああ。それだよ、それ。きみの、その笑う声。わたしが好きなのは」

「これがね、ぼくの贈り物になるんだよ……。きみが汲んでくれた水と、おんなじ……」

それ、どういう意味……？

わたしは彼の言うことが理解できなくて、目顔で先を促した。

「人はみんな同じ星を見てるけど、見ているものは、人によって違うよね。旅をする人にとっては、星は道案内人だけど、そうでない人にはただの小さな光だ。学者にとっては研究の材料だ。ぼくが会った実業家にとっては、お金そのものだった。でも、そういう人たちの星は、どれもみんな、黙って光っている。だけど、きみの星は、ほかの人たちの星とは違う……」

どういう意味……？

「夜になって、きみが空を見上げると、その星たちの一つにぼくが住んでいる。その星たちの一つで、ぼくが笑っている。だから、きみには、どの星もみんな、笑っているように見える。きみの星は、笑うことができる星だ」

彼はまた笑った。

「きみの悲しみが薄らいだら……、誰の悲しみだっていつかは薄らぐけど……、きみは、ぼくと知り合ってよかったって、そう思うようになる。きみはこれからもずっと、ぼくの友だちだ。ぼくと一緒に笑いたいって思うときが、きっとくる。そう思ったときは、こんなふうに窓を開けるといい。楽しくなるから……。きみが空を見上げて笑ったら、きみの友だちはびっくりするだろうね。きみは言う。そうさ、ぼくは星を見ると、いつだって楽しくなって、笑いたくなるんだぜ、って。みんなはきみのことを、頭がおかしくなったと思う……。ぼくはきみに、とんだいたずらをしたことになるのかな……」

彼はまた笑った。

「ぼくがきみにあげるのは、だから、黙って光っている星じゃなくて、笑うことができる星……、いや笑うことができる小さな鐘《ベル》なんだよ……。空いちめんに懸かっている、たくさんの、小さな、笑うことができる鐘《ベル》……、これがぼくの贈り物……」

彼はまた笑い、それからすぐに、真顔に戻った。

「きょうの晩は……、分かってるよ、ね……、来ちゃいけない」

「いや、わたしはきみから離れないよ」

「ぼくは、病気みたいになる……。死んだみたいになるかもしれない。だからね、見に来ちゃいけない。来ないで……」

「わたしはきみから離れない」

彼は心配そうだった。

「来ないで、って言うのはね、ヘビのこともあるんだよ。きみが咬まれたら、ぼくが困ってしまう……。ヘビはたちが悪いから、面白がって咬みつくかもしれない……」

「きみから離れないよ」

でも、彼はなにか思い当たったようだった。

「そうか。二回目に咬むときは、もう毒がないんだったね……」

その晩、わたしは小さな王子が出て行ったことに気がつかなかった。彼は物音ひとつ立てずに、いなくなった。わたしがどうにか追いついたとき、彼は心を決めたように、足早に歩いていた。

「やっぱり来たのか……」

彼はそれだけ言って、わたしの手を取った。でも、やはり、気掛かりな様子だった。

「きみは来ちゃいけなかったんだよ。つらい思いをするからね。ぼくは死んだみたいになる。本当に死ぬわけじゃないけど……」

わたしはなにも言えなかった。

「きみには分かるよね。とっても遠いんだ。だから、からだは持っていけないんだ。重すぎて……」

わたしはなにも言えなかった。

「でもね、残るのは、いらなくなった古い皮なんだ。だから、悲しまないで。ね、古い皮なんだから……」

わたしはなにも言えなかった。

彼は少し気持ちが挫《くじ》けたようだった。でも、自分を奮い立たせるように、言った。

「ね。いいことがある……。夜になったら、ぼくも星を見るよ。どの星にもみんな井戸があって、錆びた滑車が回ってる。どの星もみな、ぼくに水を飲ませてくれる……」

わたしはやはり口を利くことができなかった。

「きっと、すごく楽しいよ、ね。きみには五億の鐘《ベル》がある、ぼくには五億の井戸がある、だから……」

今度は、彼も口をつぐんだ。彼は泣いていた……。

「すぐそこだ。あとは一人で行かせて」

小さな王子は、怖くなったのか、そこに座り込んだ。

しばらくして、彼はまた口を開いた。

「だってね……、ぼくの花は……、ぼくはあの花に責任がある。[10] 彼女はとっても弱いんだよ。赤んぼみたいに弱いんだよ。棘が四本あるけど、何の役にも立たないんだよ。この世の中で、身をまもれない……」

わたしも座り込んだ。もう、立っていられなかった。彼が言った。

「さあ……。これでいい……」

彼はまだ、少しためらっていたが、やがて、立ち上がった。そして、歩き出した。

わたしは動くことができなかった。

彼の足首に黄色い光が走った。それだけだった。少しのあいだ、彼は身動きをしなかった。声も立てなかった。それから、木が倒れるように、しずかに倒れた。砂地だったから、音はしなかった。

それから、木が倒れるように、しずかに倒れた。

XXVII

そう。あれからもう、たしかに六年が経った……。わたしは今まで、この話を誰にもしたことがなかった。再会した仲間たちは、わたしが生きて帰れたことをとても喜んでくれた。わたしは悲しかったが、彼らには

「疲れたせいだよ……」

そう言っただけだった。

今では、わたしの悲しみはいくらか、――すっかり、ではないけれど、いくらかは薄らいだ。わたしは、小さな王子は無事に自分の星に帰った、と、そう信じている。夜が明けたとき、彼のからだがどこにも残っていなかったからだ。あのからだはきっ

と、そんなに重くはなかったのだろう……。夜になると、わたしは空を見上げる。それが心たのしい。わたしは五億の星たちに耳を澄ます。すると、五億の鐘《ベル》たちの声が、――五億の鐘《ベル》たちの奏でる音楽が、聞こえてくる……。

ところで、わたしは大変な失敗をしてしまった。小さな王子のために口輪の絵を描いたとき、皮の紐をつけるのを忘れたのだ。あれではヒツジに口輪が嵌《は》められない。だから、わたしは、あの星でなにか起こったのではないか、ヒツジがあの花を食べてしまったのではないか、と、それが心配でならないのだ。

あるときは、わたしは自分に言って聞かせる。

「なあに、大丈夫。王子は毎晩、あの花にガラスの覆いをかぶせるし、ヒツジのことはちゃんと見張ってる……」

こんなときは、わたしは幸せだ。星たちはみんな、嬉しそうに笑っている。

でも、そうは思えないときもある。

「誰にだって、うっかりするときはある。そうなったら、おしまいだ。ある晩、王子がガラスの覆いを忘れる。夜のあいだにヒツジがこっそり外に出る……。」そんなときは、星たちはみんな、打って変わって、涙にくれている……。

これは、本当に不思議なことだ。わたしたちの知らないどこかの星で、わたしたちの知らない小さなヒツジが、一本のバラを食べたか、食べなかったか。そのことだけで、小さな王子を愛するきみたちとわたしにとっては、この宇宙のなにもかもが、すっかり違ったものになってしまうのだ……。

きみたちも、空を見上げてごらん。そして、自分に問いかけてごらん。ヒツジが花を食べたか、食べなかったか、と。きみたちには分かるはずだ。その答え次第で、世の中の全部がすっかり変わってしまうことが……。

でも、それがどんなに大事なことなのか、大人たちにはどうしても分からないのだ。

これは、わたしにとって、世界じゅうでもっとも美しく、もっとも悲しい景色です。一六六ページの絵と同じ場所ですが、皆さんによく見ておいてもらおうと、もういちど描きました。

ここは、小さな王子がこの地球上に姿を現した、そして、やがて姿を消した、その場所なのです。

どうか、この景色をよく見て、皆さんがいつかアフリカの砂漠を旅する日のために、よく覚えておいてください。そして、もしこの場所を通ることがあったら、どうか急いで行ってしまわず、あの星が頭の真上に来るまで待っていてください。そのとき、もしも一人の子どもがあなたのそばに来て、そして、もしその子が嬉しそうに笑い、髪の毛が金色で、あなたがなにか問いかけても返事をしなかったら、……。そのときは、どうか、わたしのこの悲しみを思って、すぐお手紙をください。あの小さな王子が戻って来ましたよ、と……。

訳注

（1）　レオン・ウェルト Léon Werth（一八七八―一九五五）はユダヤ系のフランス人で、作家、評論家。第一次世界大戦に従軍、悲惨な塹壕《ざんごう》戦の経験から熱烈な平和主義者になり、小説『兵士クラヴェル』を発表しました。思想的には共産主義に近い立場にありましたが、当時のソ連の政治体制にはきわめて批判的でした。ウェルトがサン＝テグジュペリと知り合ったのは、一九三一年ごろとも三五年ごろともいわれますが、彼らは知り合うとすぐ、年齢や思想の違い（ウェルトの方が二十二歳も年上でした）を越えて、肝胆相照《かんたんあいて》らす仲になりました。第二次世界大戦中、ウェルト夫妻は、ドイツが支配する地域で吹き荒れていたユダヤ人弾圧の嵐を避けるため、スイスとの国境に近い山村サン＝タムールに隠れ住んでいました。サン＝テグジュペリは四〇年秋、アメリカ亡命について相談するため、この隠れ家を訪ねています。（訳注9）参照。

(2)ブリッジはトランプゲームの一種で、四人が二人ずつ組になって点数を競います。トランプというと、日本ではとかく子どもの遊びと思われがちですが、外国ではむしろ大人の娯楽で、とくにブリッジは、知的なゲームとして知識階級のあいだでたいそう人気がありました。サン=テグジュペリもトランプゲーム(ブリッジやポーカー)やチェスなどの勝負ごとが大好きで、軍隊にいたときも、軍務の暇をみては将校仲間の誰かれに勝負を挑《いど》みました。彼はまたトランプの手品が得意で、ちょっとした集まりがあると玄人はだしの腕を披露し、拍手喝采を受けたということです。

(3)サン=テグジュペリが航空郵便会社の操縦士としてサハラ砂漠の上空を往復していたころの飛行機は、鋼鉄パイプとアルミ材と木材で組立てた枠組みに軽くて丈夫な布を張ったもので、プロペラは木製、コックピットには覆いがなく、巡航速度一二〇キロ、最大航続距離六〇〇キロ弱、飛行距離二万三千キロに一回のわりで故障を起こしました。速さはこんにちの新幹線の半分弱、一回に飛べる距離は東京から大阪まで、東京・大阪間を二〇往復するたびに一回故障が起こる、というわけです。そのようによく故障を起こす飛行機ですが、構造が簡単ですから修理も簡単で、整備士が同乗していればもちろん、ちょっとした故障なら操縦士だけでも修理できましたし、修理がすめば、機体が軽いものですから、砂漠を飛行場がわりに飛び上がることもできました。

物語の「わたし」が砂漠に不時着したとされる一九三七年（"Le Petit Prince" が出版された一九四三年から数えて六年前）には、布張りではなく全金属製の、計器をたくさん備えた、ずっと故障しにくい飛行機が主流になっていましたが、サン＝テグジュペリはそのような飛行機を「操縦士を計器板とボタンのあいだの計算係にしてしまう」と言って、嫌っていました。ですから、この物語を書いているときの彼の脳裏にあったのは、彼が若いころ操縦した、よく故障するけれど操縦者が対等につき合うことのできた、人間味のある飛行機だったに違いない、とわたしは思います。

（4）

「天文学者はこういう星を発見すると、名前の代わりに番号をつける」というのは、あくまでもこの物語のなかのことで、実在の小惑星では、発見された順に通し番号をつけますが、名前もつけることになっています。たとえば、世界で最初に発見された小惑星は番号が「一」で、名前は「ケレス（ローマ神話の農耕の女神の名）」、日本で最初に発見された小惑星は「七二七」、名前は「日本」です。名前は発見者がつけますが、神話の登場人物、実在の人名、国名、地名、など、じつに多種多様で、一九八〇年代にソ連で発見された小惑星には「サン＝テグジュペリ」という名がつけられました。ちなみに、小惑星サン＝テグジュペリは「小さな王子」が住んでいた星よりはるかに大きく、周囲が数十キロメートルありますから、もしヒツジを放し飼いにしたら、物語の「わたし」が心配するように、迷子になってしまうに違いありません。

（5）

サン＝テグジュペリはデビュー作『南方郵便機』で、主人公ジャック・ベルニスの操縦する飛行機に、やはり「六一二」という番号（「B六一二」ではなく）をつけています。この「六一二」は作者にとって特別の意味をもつ数字なのではないか、と思われますが、それ以上のことは分かりません。

また、作者は、小惑星には「名前の代わりに番号をつける」と書きながら、「小さな王子」の小惑星にだけは「B六一二」と、番号の前に「B」という文字をつけたしています（ほかの小惑星には「三二五」から「三三〇」までの番号だけをつけています）。この「B」の意味はよく分かりませんが、わたしは、あるいは〝bis（もう一度）〟の略なのではないか、と考えています。

（6）

「バオバブ」はアオイ目パンヤ科バオバブ属（学名 *Adansonia*）に属する植物の総称で、アフリカ、マダガスカル島、オーストラリアに分布しています。世界最大の木といわれ、高さ二十数メートル、幹まわり三十メートルに達するものもあります。そのような大きな木では、幹にできた洞《うろ》にけものが住みついたり、人が住んだり、ときには牢屋として使われることもあり、「教会の建物ぐらい大きい」という形容もあながち大げさではありません。サン＝テグジュペリはアフリカ路線の操縦士をしていたときに異様な形相をもつこの巨木に出会い、強烈な印象を受けたようです。

なお、この物語ではバオバブは「悪い植物」とされていますが、実在のバオバブは、大きな実は、果肉と種は食料、殻は干して容器になり、若い葉は煎じて痛み止めの薬に、樹皮はロープなどの材料になり、さらに木自体が信仰の対象になる場合もあり、現地の人びとにとっては、「悪い植物」どころか、きわめて役に立つ、ときには神聖でさえある植物です。アフリカのザイール共和国では、バオバブは「国の木」に指定されています。

(7)

この物語では、バオバブは小さいうちに始末しないと巨木に成長して星を破裂させる、危険きわまりない植物とされており、作者は「わたし」に、その危険を「声を大にして」警告させています。このバオバブの寓話は、つねに人の心にひそみ、放置すると手のつけられない巨木に成長する、憎しみ、妬みといった「悪しき情念」について戒め、と解釈されることが多いようです。

わたしはしかし、この物語を執筆していたときのサン＝テグジュペリの心情（彼はアメリカに亡命したことを後悔し、祖国解放の戦線に参加する方法を模索していました。「訳者あとがき」一九六ページ参照）から推して、作者はそのような抽象的で普遍的な悪よりも、じっさいに目の前にある具体的な破局的危機――以下に述べる「そのときヨーロッパを席巻していたナチス・ドイツの脅威」を、「バオバブの脅威」に重ねて訴えようとしたのではないか、という気がしてなりません。

一九三三年一月にドイツの首相に就任したヒトラーは、ナチス（国家社会主義ドイツ労働者党）による独裁的な支配体制を確立すると、三五年三月に第一次世界大戦の休戦条約を一方的に破棄して軍備の増強を宣言、三六年三月にはフランスとの国境付近に設けられた非武装地帯に軍隊を進出させ、三八年三月にはオーストリア、同年九月にはチェコスロヴァキアの一部を併合しました。この間、フランスとイギリスは、ドイツの対外膨張政策に対し譲歩を繰り返すことでなんとか平和を維持してきましたが、三九年九月、ドイツが同盟国ポーランドに侵攻するに及んで、遂に宣戦をします。しかし、そのときには、ドイツの軍事力はもはやフランスの手に負えないほど強大になっており、ひと月たらずのうちにポーランドを降服させ、翌四〇年春にはデンマーク、ノルウェー、オランダ、ベルギー、ルクセンブルグをつぎつぎに攻略、さらに「訳者あとがき」（一九四ページ参照）にも書きましたように、六月にはフランスをも降服させます。その後、ドイツはさらにバルカン諸国を支配下におき、四一年二月には北アフリカに兵を進めてイギリス軍を圧迫、六月にはソ連に攻め込み、同年十二月には首都モスクワに迫り、翌四二年九月にはスターリングラード（現在のヴォルゴグラード）に突入します。サン＝テグジュペリがこの物語を執筆していたのは、このように、ナチス・ドイツがまさに最大の版図を誇っていた時期でした。サン＝テグジュペリの胸のうちには、三〇年代にフランスとイギリスがとった「宥和《ゆうわ》政策」がナチス・ドイツというバオバブを巨木に成長させてしまった、そのことに対する無念の思いが渦巻いていたのではないでしょうか。

なお、この寓話で星を破裂させたのが「三本」のバオバブであることに注目して、バオバブはドイツ、イタリア、日本の枢軸三か国を表している、と主張する人もあります。しかし、当時のフランス人にとっては、日本は東洋における脅威ではあっても、ヨーロッパに直接脅威を及ぼす国とは考えられていませんでしたから、もし「三本」にこだわるのであれば、ドイツのヒトラー政権、イタリアのムッソリーニ政権、スペインのフランコ政権（フランコはモロッコで兵を挙げると、イタリアとドイツの援助を得て本国へ攻め込み、政府軍との三年にわたる内戦の末、一九三九年四月に政権を樹立しました）という、ヨーロッパにおける三つの独裁政権をバオバブに擬した、と推測する方が妥当ではないでしょうか。一九三九年九月に第二次世界大戦が勃発したとき、スペインはすぐに中立を宣言しますが、その裏では、イタリアにイギリス爆撃のための基地を提供したり、ドイツには軍用資材を輸出、あるいは対ソ戦争に際して義勇軍を派遣するなど、枢軸国側に立つ政策を続けました。

（8）　この「バラ」（ここでは「花」と書かれていますが、一一七ページ以降でバラであることが明らかになります）はサン＝テグジュペリの妻、コンスエロ（一九〇一―一九七九）を指すというのが、通説になっているようです。コンスエロは、ここに書かれている「バラ」のように、美しく、魅力的で、しかし、うぬぼれ屋で、見栄っぱりで、ときどき口から出まかせの嘘をつく、そんな女性でした。また、喘息の持病があり、よく咳をしていたということです。サン＝テグジュペリとコンスエロは一九三〇年の末に知り合い、翌年四月に結婚しますが、ともに芸術家肌で自己主張の強い二人の仲はかならずしもしっくりとはいかず、結婚してから三年ほどで別居してしまい、その後も同居と別居を繰り返しました。なお、「バラ」はコンスエロではなく、彼が二十二歳のときに婚約し、結局先方からの申し出で結婚できなかったルイーズという女性だという説や、彼自身の母親だという説もあります。サン＝テグジュペリは三歳のときに父親を失ったため、母親に対しては、大人になってからも人並み以上の愛情を持っていました。

しかし、（訳注7）に述べたような、執筆当時の社会背景と作者の心境から考えますと、四本の棘で「トラ」に立ち向かおうとする「バラ」を、大した軍備もなしにナチス・ドイツと戦った祖国フランス、と解釈することもできましょう。そうしますと、「ぼくは、彼女のおかげで、いつもいい匂いに包まれていたし、いつも明るい光の中にいた。ぼくは逃げ出しちゃいけなかったんだ」という「小さな王子」の言葉（五六ページ）は、早まって亡命したことへの作者自身の激しい後悔、と読むことができます。（訳注10）参照。

（9）当時ウェルト夫妻が隠れ住んでいたサン＝タムール村の家には、一四四ページの絵とそっくりな井戸がありました。サン＝テグジュペリは一九四〇年秋、アメリカに亡命する前に、この家を訪ねています。（訳注1）参照。

（10）「あの花」つまり「バラ」を、（訳注8）の後半に述べたように、作者にとっての祖国フランス、と解釈しますと、「ぼくはあの花に責任がある」と言って「古い皮」を地球に残して星に帰ろうとする「小さな王子」の決意は、死を覚悟して祖国解放の戦線に復帰することを決意していた当時の作者の心境と、重なってきます。このように考えますと、この物語自体を、親友ウェルトに宛てたサン＝テグジュペリの遺書、と読むことも出来ましょう。（訳注1）参照。

訳者あとがき

1

本書はアントワーヌ・ド・サン＝テグジュペリ Antoine de Saint-Exupery の作品“Le Petit Prince”の日本語訳です。原題を直訳すると「小さな王子」となりますが、日本では、この物語をわが国に初めて翻訳紹介した内藤濯《あろう》氏がその訳書につけた題、『星の王子さま』で親しまれています。

作者のサン＝テグジュペリは、作家ですが、飛行家でもありました。作家としては、長編小説『南方郵便機（Courrier Sud）』（一九二九年）、『夜間飛行（Vol de Nuit）』（三一年）、『人間の土地（Terre des Hommes）』（三九年）、『戦う操縦士（Pilote de Guerre）』（四二年）を発表。どの作品も発表当時から高い評価を受け、今も世界中で広く読まれています。これらの小説はみな、主人公または語り手が操縦士であり、作者の飛行家としての体験をもとに書かれています。彼がもし飛行家でなかったら、これらの作品は書かれなかったでしょうし、したがって作家サン＝テグジュペリが誕生することもなかった、といえましょう。

この物語“Le Petit Prince”もまた語り手が操縦士ですが、彼の作品のなかでもとくに自伝的要素が多く含まれている、といわれています。

2

この物語の作者サン＝テグジュペリは、一九〇〇年六月二十九日、伯爵家の長男としてフランス中部の都市リヨンで生まれ、その翌日、アントワーヌ・ジャン＝バティスト・マリー・ロジェ・ド・サン＝テグジュペリ、と名づけられました。五人兄弟の第三子で、二人の姉と、弟と妹がいました。母親のマリーも貴族の出で、パステル画をよくし、詩を書き、音楽の才にも恵まれた婦人でした。絵は作品がリヨン市の美術館に買い上げられるほどの腕でしたし、詩の方も生涯に二冊の詩集を刊行しています。

アントワーヌが三歳のとき、父親のジャンが四十一歳の若さで急死。一家はその後の数年を母方の大叔母の城館で過ごすことになります。ルイ十六世風の壮大な館で、楡と菩提樹が鬱蒼と繁る大きな庭園があり、バラ園もあり、館に付属して礼拝堂も建てられていました。雨で外遊びが出来ない日など、幼いアントワーヌは、「宝探し」と称して普段は使われていない屋根裏部屋を片端から探検してまわった、ということです。物語のなかで「わたし」が「小さな男の子だったころ」を回想するとき（一四〇、一四六ページ）、作者は自分がこの城館で過ごした日々を思い出していたに違いありません。

幼いアントワーヌは、気に入ったことや、これと思い決めたことはとことん遣り抜くくせに、気の進まないことには見向きもしない、そして、一つことに熱中すると他人の迷惑がまるで目に入らなくなる、そういった性癖の持ち主でした。たとえば、分からないことや気になることがあると、相手がどんなに迷惑がっていても納得がいくまでは質問を繰り返し、けっして引き下がらない。そんなときのアントワーヌの物言いは、物語の「小さな王子」にそっくりだった、と、当時を知る人は証言しています。

幼いアントワーヌのこの暴君的な振る舞いは、母親にも向けられました。母親のマリーはコントラルトの美声の持ち主で、語りが上手でしたが、アントワーヌはそれが聞きたくなると、自分専用の椅子を母親のそばに運んできて座り込み、「お話し」を強請《ねだ》りました。母親が用事をしているときでも、ヒツジの絵をねだった「小さな王子」（一三ページ）のように、彼女が諦めて「お話し」を始めるまでねだり続けます。彼はこうして、まだ字が読めないうちから、母親の語りを通してアンデルセンの童話やジュール・ヴェルヌのSFの世界に親しむようになり、六歳のときには、母親の薦めもあって、詩や寸劇の台本を書くようになりました。この幼い作家は、自信作を書き上げると、「わたし」がボアの絵を見せてまわった（八ページ）ように、兄弟を集め朗読して聞かせずにはいられませんでした。物語の「わたし」は、大人たちに邪魔されて「六歳のときに、画家という素晴らしい職業への道を諦め」（九ページ）ますが、その伝で言うと、作者であるサン＝テグジュペリの方は、母親の後押しもあって六歳のときに作家という職業への道を歩み始めた、ということになりましょう。

それでは、サン＝テグジュペリがもう一つの職業、飛行家を目指すようになったのは、何歳のときでしょうか。

アメリカでライト兄弟が世界で最初の飛行に成功したのは、一九〇三年、アントワーヌが三歳のときでした。その五年後、兄弟はフランスを訪れて公開演示飛行を行います。この五年間にフランスでも独自に飛行機が開発されますが、見物人たちは、ようやく空を飛べるようになったばかりの自国の鈍重な飛行機に比べて、軽がると自在に空を飛びまわるライト機の姿に目を奪われ、これがきっかけになって、フランス国内にはちょっとした飛行機ブームが起こりました。アントワーヌもその影響を受けた一人だったのでしょう、十二歳のとき、小枝で作った枠組みに古いシーツを張ったものを自転車に取り付け、全力で急坂を漕いだ、とか、同じ年の夏休み、大叔母の城館から六キロ離れたところにある飛行場に自転車で日参して、整備士と仲よしになり、飛行機に同乗させてもらって飛行場を二周した、とか、そういったエピソードが残っています。前者の凧型人力飛行機は、残念ながら飛び上がりませんでしたが、後者の飛行機初体験は詩に書かれ、クラスの仲間たちと発行していた同人誌に、作者自身のイラストつきで掲載されました。

その二年後の一九一四年夏、第一次世界大戦が勃発、布張りの飛行機は最新の兵器として登場します。この新兵器は、最初はもっぱら偵察に使われていましたが、やがて敵の陣地や敵都市を空襲する（といっても、操縦席に積んだ小型爆弾を手掴みで投げ落とすだけですが）ようになります。敵味方が空中で行き会うと、初めのうちは互いにハンカチを振って別れていましたが、やがてピストルを撃ち合うようになり、ピストルが短小銃に変わり、遂には機関銃を装備した飛行機が出現して、本格的な空中戦が始まりました。新兵器のこうした活躍ぶりは連日報道され、フランス中が、数年前のライト兄弟のときとは別の意味で、飛行機に注目することになります。

しかし、この時期、中立国スイスの学校で寄宿舎生活を送っていたアントワーヌ少年は、祖国の戦況にも、飛行機の活躍それ自体にも、さほどの関心は持たなかったようです。彼はドストエフスキーやバルザックを耽読し、ボードレールとルコント・ド・リールとエレディアとマラルメを暗唱しては自分も詩を書き、モリエール劇の上演に血道を上げるという、文学・演劇三昧の日を過ごしていました。

飛行家としてのサン＝テグジュペリの経歴は、徴兵年齢に達したときに航空を志願、二一年四月、陸軍飛行連隊に入隊したことに始まります。最初は地上勤務を命ぜられましたが、それは、民間操縦士の資格を持つ者以外はすぐには操縦訓練生にしない、という規定があったためで、このことを知ったサン＝テグジュペリは、高額な謝礼を払って（その大金はもちろん母親に強請《ねだ》りました）軍務の余暇に民間の操縦士から特訓を受け、ひと月足らずで民間飛行免許を取得する、という放れ業をやってのけました。そして、目論見どおり、軍用機の操縦訓練を受けることに成功します。その後の軍隊生活は一切が順調で、二二年一月に伍長に昇進、さらに予備士官候補生の訓練を受けて十月には少尉に任官、翌二三年六月に除隊して、予備役に編入されます。除隊後は、セールスマンをしたり、パリ遊覧飛行の臨時雇いの操縦士になったりして過ごしますが、二六年七月に航空郵便輸送会社に就職、飛行家としての生涯を本格的に踏み出しました。

会社での最初の勤務はアフリカ路線の操縦士で、彼は毎週、郵便物を積んだ飛行機を操縦してサハラ砂漠の上空を往復しました。当時の飛行機は実によく故障しました（訳注3）から、彼もまた、何回も不時着を経験します。砂漠に不時着、飛行機のそばで一人で夜を明かしたこともありました（物語の「わたし」と違って、翌日には救援の飛行機が来ましたが）。つぎの勤務地は、砂漠のなかに設けられた、給油と郵便物積み替えのための中継基地で、彼はその陸の孤島のような基地で一年あまり暮らします。このように、二十歳代後半のサン＝テグジュペリはサハラ砂漠とふかく係わり合って生きてきました。この物語もサハラ砂漠が舞台になっていますが、彼が若いころ培った、この砂漠に対する畏怖と愛着が、作品のそこここに色濃く投影されているように思われます。

サン＝テグジュペリはこの砂漠の中間基地にいたあいだに、勤務のかたわら、長編小説『南方郵便機』を執筆しました。この作品は二九年七月に出版されて、かなりの反響を呼びます。飛行家としての彼は、同年九月にアルゼンチンのブエノスアイレスに赴任、この地から南米大陸を東海岸沿いに南下して大陸最南端のプンタアレナスに至る路線や、アンデス山脈を越えてチリのサンティアゴに至る路線の開発に、責任者として携わりますが、平行して『夜間飛行』を書き上げます。この長編小説第二作は三一年秋に出版されると、有力な文学賞であるフェミナ賞を受賞、ベストセラーになり、たちまち数カ国語に翻訳され、ハリウッド映画にもなりました(このブームに便乗して、「夜間飛行」という名の香水も売り出されました)。

こうして新進作家の仲間入りを果たしてからも、サン=テグジュペリは操縦をやめませんでした。この時期、作家としての彼は、飛行家としての体験を雑誌に寄稿したり、新聞社の特派員としてスペインの内戦を取材したりしますが、操縦士としても、一九三六年に自作『南方郵便機』が映画化されたときには砂漠の離着陸の場面の操縦を買って出ましたし、それと前後して、危険な長距離飛行に何回も挑戦しています。このうち、映画の撮影では妙技を発揮してスタッフを感心させましたが、長距離飛行ではしばしば事故を起こしました。三五年にパリ・サイゴン(現在のホーチミン市。当時、ベトナムはフランス領でした)間の懸賞飛行に挑んだときは、乗機がリビア砂漠の砂丘に激突して大破、砂漠を四日もさまよったあげく通りかかったキャラバンに助け出されましたし、三八年にニューヨークからプンタアレナスまで飛んだときは、給油に寄ったグアテマラ市の飛行場で離陸に失敗、頭蓋骨を骨折して人事不省に陥る大事故を起こしました。

サン＝テグジュペリはなぜ、死の危険を冒してまで飛行機を操縦しようとしたのか。飛行機の操縦と文学作品の創作とは、彼の内部でどう結び付いていたのか。あるインタビューで、「あなたにとって飛行機と文学創造はどちらが大切ですか、どちらが自己完成に役立っていますか」という問いに、「わたしにはその二つが対立することだとは思われません。わたしにとっては、飛ぶことと書くことはまったく同じです。大切なのは行動すること、自己のうちに方位をつくり出すことであり、この同じ自覚を持っているという点で操縦士と作家は一致します」と答えています。

さて。一九三〇年代のあいだは曲がりなりにも保たれてきたフランスの平和は、三九年九月、ドイツのポーランド侵攻によって終わりました（訳注7）。フランスはイギリスとともにドイツに宣戦、三十九歳の予備役の大尉サン＝テグジュペリ（二六年に中尉、三七年に大尉に昇進していました）も召集されます。ドイツとの国境では長いあいだ両軍の睨み合いが続きますが、翌四〇年五月、ドイツ軍が総攻撃を開始。サン＝テグジュペリ大尉が所属する偵察隊も連日出撃し、三週間のうちに乗員の四分の三を失う、絶望的な戦いを強いられました（このときの実戦体験をもとに、後に『戦う操縦士』が書かれます）。フランスの地上軍は敗走を続け、道路は敗走兵と故郷を捨てて逃げる難民の群れでごった返し、六月十四日、首都パリ陥落。二十二日、休戦が成立。偵察隊の生き残った操縦士たちは、撃墜を免れた飛行機に地上要員と予備の部品を積めるだけ積んで、フランス領北アフリカに逃れます。偵察隊はその地で形ばかり存続することになり、予備役将校だったサン＝テグジュペリは現地で動員を解除されました。

軍務を解かれたサン＝テグジュペリは南フランスに帰り、ふた月ほど、年取った母親や妹の一家と過ごしました。戦火を免れた南フランスの自然はやすらぎを与えてくれましたが、敗戦国フランスでは、ドイツ当局になにがしかの妥協をしないかぎり、書いたものの発表が出来ません。彼は自著『人間の土地』の英訳版出版元の招きに応じてアメリカに行くことを思い立ちます。祖国を出る当てのない人たちを残して自分だけ亡命するのは、日ごろの信念に反するようで、なんとも気が咎めるところでしたが、もっとも信頼する友人ウェルト（訳注1）の勧めもあって、彼は結局、亡命を決意します。そして、フランス領北アフリカと中立国ポルトガルを経由し、平時なら一週間足らずの船旅で着くところを、ふた月もかかって、その年の大晦日にニューヨークに着きました。

このときの彼は、アメリカに長くいるつもりはなかったようです。しかし、帰国の手立てがつかぬまま、滞在は二年余に及ぶことになります。その間、一方では飛行機事故の後遺症に悩まされ、一方では多くの人びとを祖国に残して自分だけ亡命したことへの後悔に苛《さいな》まれながら、彼は敗戦まぎわの絶望的な偵察行の体験にもとづく小説『戦う操縦士』と、この“Le Petit Prince”を書き上げ、平行して、未完のまま終わることになる長大な小説『城砦』を書き進めます。

彼が亡命してきた当時のアメリカは、ヨーロッパの戦争に対して中立の立場を取っていました。しかし、四一年十二月、日本がアメリカとイギリスに宣戦すると、アメリカはイギリスの側に立って参戦、日本と同盟関係にあったドイツとイタリアはアメリカに宣戦し、それまでは別個に戦われていたアジアの日中戦争（当時の日本での呼び方では、支那事変）とヨーロッパの戦争が結び付いて、アメリカ、イギリス、ソ連、中国などの連合国と、ドイツ、イタリア、日本などの枢軸国とのあいだの、世界戦争に発展します。

四二年十一月、アメリカ軍はイギリスの要請によって北アフリカに上陸。サン＝テグジュペリは、すぐにも現地に行って戦闘に参加することを決意します。しかし、民間人が戦場に向けて出国することは容易ではありません。八方手を尽くしてようやく許可をとり、翌四三年四月十三日にアメリカ軍の輸送船団に便乗してニューヨークを出港、五月一日に北アフリカに到着し、かつて所属していた偵察隊に復帰しました。

ヨーロッパ戦線の連合国軍は、アメリカ軍の北アフリカ上陸を機に攻勢に移りました。四三年五月、北アフリカのドイツ、イタリア軍が降服。連合軍は続いてシチリア島とイタリア半島南部に上陸、九月にイタリアを降服させ、翌四四年六月には、フランス本土の奪回を目指して北海岸のノルマンディーに上陸します。サン＝テグジュペリ少佐（四三年に少佐に昇進）は、フランス全土に展開しているドイツ軍の偵察のため、何回も出撃しました。そして、七月三十一日、生まれ故郷リヨン方面の敵情偵察に飛び立ったまま、帰還しませんでした。フランス全土が連合軍によって解放される三か月前、ドイツが降服してヨーロッパの戦争が終息する九か月前のことです。

それから半世紀が経って、サン＝テグジュペリが操縦していた偵察機の残骸がマルセイユ沖の地中海海底で発見されました。ドイツ軍戦闘機に撃墜されたとも、酸素マスクの故障（一万メートルの上空を飛ぶのには酸素の吸入が必要ですが、その酸素マスクはよく故障しました）でなかば意識を失ったサン＝テグジュペリが、平和だったころの故郷の上空を飛んでいるつもりになって操縦を誤ったためともいわれますが、墜落の原因はいまだに分かりません。おそらく、永久に分からないでしょう。

3

この物語“Le Petit Prince”が書かれたのは、前にも述べたように、作者のアメリカ亡命中、一九四二年の夏から翌年冬にかけてでした。サン＝テグジュペリは若いころからイラスト風の絵を描くのが好きでしたが、彼の絵によく出てくる「小さな男の子」に目を留めた出版社の人が、その男の子を主人公にクリスマスの童話を書くよう彼に勧めた、それが発端だったそうです。この申し出には、異郷ニューヨークで飛行機事故の後遺症と早まって亡命したことへの後悔とで打ちひしがれていた作者を、慰め、元気づける、そういう意図も含まれていたようです。

サン＝テグジュペリは早速この仕事に掛かりました。訪ねてきた友人をカーペットに腹這いにさせ、それをモデルに「草に伏せて泣く王子」（一一九ページ）を描いたり、飼い犬をモデルに「トラ」（五三ページ）を描いたり、若いころ砂漠の給油基地で飼ったことのある耳の長い砂漠ギツネを思い出して「キツネ」（一二〇、一二六ページ）を描いたり（この砂漠ギツネは物語の「キツネ」と違って「飼い馴らされて」くれなかったそうですが）、そんなふうにしてイラストを描き溜める一方、本文の方も書き進めました。物語の構想は初めからきっちり決まっていたわけではなく、いろいろなエピソードを加えたり、省いたり、順序を入れ替えたり、新しいエピソードに書き変えたりして（たとえば冒頭の、ゾウを呑み込んだボアのエピソードは、最初の設定では、ボートの絵をジャガイモと間違えられることになっていました）、ようやく、今日わたしたちが読んでいる物語が出来上がりました。そんなわけで、クリスマスの予定だった本の発行は大幅に遅れ、翌年の四月六日になってしまいました。四月六日といえば、サン＝テグジュペリが北アフリカの戦場に向けてニューヨークを出発する一週間前で、つまり、この物語の執筆期間の後半は、彼が前線に復帰するための渡航の手立てを求めて奔走していた期間と、ちょうど重なることになります。

物語を書いているときのサン＝テグジュペリはとても陽気だった、と証言する人は何人もいます。この物語を書くことが彼に一時《いっとき》の慰めを与えたことは、間違いありません。しかし、彼はそのように陽気に振る舞いながらも、この物語を書き進める一方で、祖国解放の戦線に参加する決意を固め、参加する方法を模索していたのでした。

4

　この物語の原文は、小学校中学年の生徒でも十分に理解できる易しい言葉で、しかし読者に阿《おもね》ることのない勁《つよ》い文体で、書かれています。語り手である「わたし」と主人公の‘Le Petit Prince’の関係はあくまでも対等であり、「わたし」は眠ってしまった相手を抱いて歩くことはあっても、相手が子どもだからといって軽く扱ったり、逆に甘やかしたりはしませんし、‘Le Petit Prince’の方も子どもらしい身勝手さで「わたし」を質問攻めにしたり、平気でものを頼んだりしますが、甘ったれた口を利くことはありません。また、「わたし」は‘Le Petit Prince’を「王子さま」として崇めているわけではありませんし、‘Le Petit Prince’も「わたし」を目下扱いしているわけではありません。この物語の日本語訳は、内藤濯《あろう》氏の『星の王子さま』を初め十数点が出版されていますが、それらの多くは、上に挙げた点で、わたしの解釈と掛け離れているように思われます。わたしがあえて新訳を試みた最大の理由は、この辺りを解決したいと考えたからにほかなりません。

主人公の‘Le Petit Prince’は、日本語訳の多くでは「小さな王子さま」と訳されていますが、わたしはこれを「小さな王子」と訳しました。「さま」という敬称を省いたのは、「わたし」と王子が対等であることを示したかったからですが、敬称を省くことによって、会話の部分の翻訳で、「わたし」の王子に対する言葉から甘やかしや阿りといったニュアンスを、王子の言葉から奇妙につくった「子どもらしさ」を、物語全体の調子を壊さずに取り去ることが出来ました。また、「わたし」が読者に語り掛ける地《じ》の部分でも、翻訳童話を含む日本の童話にしばしばみられる、読者に阿る口調を排除することが出来たように思います。

翻訳に当たって、もう一つ。サン＝テグジュペリの作品は、この物語に限らず、どの作品もみな、リズム感のある、朗読に適した文体で書かれています（彼は幼いころから作品をいつも朗読して聞かせましたが、この癖は大人になっても変わらず、この物語も執筆している途中で、しばしば知人に朗読して聞かせました）。わたしはこの点も重くみて、この物語を、リズム感があり、そして朗読に耐えうる日本語に移そうと、出来る限り努力してみました。それがどの程度達成できたか。読者の皆さんの判断に待ちたいと思います。

わたしがこの物語の日本語訳を手掛けるのは、これが二回目です。前に訳したのは十年ほど前で、そのときは、『星から来た王子』という題で海苑社から出版しました（二〇〇九年）。その後しばらく絶版になっていましたが、昨年夏、阿部出版から再刊の話があり、先回の訳にいくつかの不満を感じていたところでしたので、これを機に、出版社には時間を頂いて、最初から全面的に訳しなおすことにした次第です。このような機会を与えてくださった阿部出版株式会社、遅筆な上に注文ばかり多い訳者に辛抱づよく付き合ってくださった編集担当の原真理氏に、あつくお礼申しあげます。

二〇一八年三月、“Le Petit Prince”の出版七十五周年を前に

芹生《せりう》 一《はじめ》

著者　アントワーヌ・ド・サン＝テグジュペリ

1900年フランス、リヨン生まれ。作家・飛行家。1921年徴兵により航空隊に入隊、軍用機操縦の訓練を受ける。除隊後、操縦士として航空郵便輸送会社に勤務。空軍将校として第二次世界大戦に参加、1944年7月31日、故郷リヨン方面の敵情偵察に飛び立ったまま帰還せず、戦死と認定される。1943年、本書“Le Petit Prince”を刊行。ほかに、長編小説『南方郵便機』『夜間飛行』『人間の大地』『戦う操縦士』など、著書多数。

訳者　芹生 一　SERIU Hajime

1928年東京生まれ。慶応義塾大学工学部応用化学科卒。アテネ・フランセでフランス語を学ぶ。児童文学翻訳者。訳書に『ふしぎの国のアリス』『鏡の国のアリス』『ピーター・パンとウェンディ』（いずれも、偕成社）などがある。本名、島原健三（しまはらけんぞう）。現在、成蹊大学名誉教授。工学博士。一般化学・生物化学・化学史・化学研究に関する著書・訳書・編書、多数。

新訳　星の王子さま　Le Petit Prince

2018年　4月　1日　初版第1刷発行
2021年12月16日　初版第2刷発行

著者　アントワーヌ・ド・サン＝テグジュペリ
訳者　芹生 一
発行人　阿部秀一
発行所　阿部出版株式会社
〒153-0051
東京都目黒区上目黒 4-30-12
TEL：03-5720-7009（営業）
03-3715-2036（編集）
FAX：03-3719-2331
http://www.abepublishing.co.jp
印刷・製本　アベイズム株式会社

ISBN978-4-87242-660-1　C0097